U0108040

Pray Until Something Happens

在面對生命愈不容易的時候，

{ 禱告 }

可以幫助你開始改變……

現在就一起踏上三個月的生命自潔旅程！

禱告，讓我們參與神美好的計畫！

曾國生
好消息電視台 執行長

信仰旅程中，透過「禱告」與「敬拜」來親近神，是我生命中十分重要也極為蒙福的事，我得以清楚神時時刻刻的帶領，更大大享受祂的愛與同在。

在和協聰牧師喜樂的同工過程中，我看見神恩膏他在先知性事奉及國度禱告中的服事，使神在這世代的許多心意與啟示得以揭露，讓我們能更有力地迎向大復興，我為此獻上深深感恩。

更因如此，當他分享要出版《跨 Pray》一書時，我感到十分興奮，也深願透過本書出版，讓更多弟兄姊妹藉著每天與神深度的交通，更多經歷祂、愛祂。

本書集結協聰牧師多年來在先知性事奉及國度禱告服事中的領受。他在好消息電視台擔任同工輔導牧師時，對於靈性關懷服事的投入，祝福了許多同工；而在全福會擔任顧問牧師所進行的先知性事奉與教導，亦使許多弟兄重新與神面

見、經歷祂的大能。新冠肺炎疫情爆發後，更在每周六於網路上進行「跨越全球禱告聚集」服事，在在讓我們看見許多神的恩典。許多弟兄姐妹因著禱告與神有更多連結，更加愛慕神的聖潔，進而翻轉生命，渴慕能服事祂、分享祂，讓更多人領受祝福。

讓許多生命因著更深認識耶穌而改變、更新，是我長久來的期盼。本書邀請大家在三個月內，天天從聖經經文、禱讀文字及創意默想出發進入神的內心；若在人生中把這樣的時間獻給神，您必定會經歷生命更新，並更深明白神對生命的計畫。因此我十分推薦大家以本書作為跨入經歷神同在旅程的開始。

過去數十年間，因著禱告中與神的交通，帶領我度過人生中許多艱難歲月，也帶領我勇敢跨越，倚靠神成就許多過去無法想像的事工。親愛的家人們，深願您也能透過本書，開啟與神之間更美好的關係；祝福您透過禱告大大擴張生命及身量，進而明瞭神的計畫、走入祂的命定，並在這世代進入祂美好的心意當中。

跨越，跨出去……

寇紹恩 牧師

每個人生命中都有許多需要跨越、想要跨越的！

情慾、苦毒、怨恨、貪婪、惡習、不饒恕、放不下……

我有，你有嗎？

我需要的不是跨越的道理，而是跨越的能力，

你呢？

非常非常多次，想再試一回，總是鎩羽而歸，更深的挫折，

你也曾經嗎？

心中有個微小的聲音：誰可以帶我走一段？

你……

從來沒有這樣深刻的期待，

一本書，才看完作者序就下定決心：

我要跟著走三個月，我渴望經驗這「跨越」的歷程！

真的，從來沒有過！

「我們既有這許多的見證人，如同雲彩圍著我們，就當放下
各樣的重擔，脫去容易纏累我們的罪，存心忍耐，奔那擺
在我們前頭的路程，仰望為我們信心創始成終的耶穌……」

（希伯來書十二：1-2）

我在起跑線，我要起步跨越了！

你要不要一起來？

不只用口「禱告」，
更要以「行動」來經歷禱告！

黃國倫 101教會主任牧師

　　基督徒都知道禱告的重要性，但是真的會禱告、而且在其中經歷主的卻是非常稀少，這著實是一件非常可惜的事情。「禱告」幫助我們與主面對面，經歷那又真又活的耶穌基督，所以我們不是透過讀更多的書來學習禱告，因為禱告不是靠著「閱讀」，而是真實地有「禱告的行動」，這才能真正學到如何禱告，要更多向著我們每一個人說：禱告是可以經歷的！

　　協聰牧師就是一位禱告的人，許多牧者是牧師、但卻不一定都是禱告的人。這本「跨 Pray」禱告手冊，本身就是從禱告行動中所生出來的，透過 90 天的操練，帶領你我進入真實的禱告裡。

李協聰 牧師

鷹計畫（Mission Eagle）先知性禱告事奉團隊創辦人，幫助及訓練各地教會牧者團隊，致力於建造真理根基與靈命健康的代禱者事奉團隊，帶下神國的啟示、走進神的心意，使各地教會承接神國的計畫。

協聰牧師於 2013 年開始更多投入國度性事奉，配搭許多教會牧者與屬靈領袖到世界各國服事。2020 年起，線上帶領跨越（KUA GLOBAL）全球禱告聚集，讓神的同在進入列國，轉化家庭、職場、國家，期盼禱告的浪潮能席捲各地，彰顯神國榮耀。

現為 101 教會先知性事工主責牧者，並同時於全福會擔任顧問牧師、好消息電視台擔任輔導牧師。其立志以謙卑的心堅守真理：深入淺出的實際講道，廣受各界人士邀約；神恩膏的大大同在亦引領他持續傳遞神的啟示、異象，引導人可以豐富地經歷神的奇妙作為。

這本手冊和妳／你如此有關……

親愛的家人，

　　謝謝你願意為自己跨出的這一步。如同父母遇見自己孩子在學步時所跨的第一步，神和我們都一同為你歡慶！因為接下來，你將會和世上許多基督門徒一樣，開始領受祂的豐盛與美好。

　　神的話語曾說：「因為神救眾人的恩典已經顯明出來，教訓我們除去不敬虔的心和世俗的情慾，在今世自守、公義、敬虔度日。」（提多書二：12）在這裡，神的心意告訴我們，你我都是蒙受神恩的人，因此祂希望我們能除去「不敬虔的心和世俗的情慾」，以進入恩典加速的日子。

　　而這一切的成就並非是要靠你自己苦心努力來達到。在以賽亞書第四十三章第 18 至 19 節裡說到，神要我們單單的「看哪！」，祂要開始做一件新事！神不要我們記念從前的事，也不要我們思想古時的事，乃是要我們開始進入未來，而祂「必在曠野開道路，在沙漠開江河」！唯有除去那蒙蔽心眼的帕子，才能真實看見祂為我們所預備的一切。

所以在接下來的三個月裡，求聖靈幫助我們開始「自潔」的旅程。透過每周的主題、每周特別設計的 Start up 時間，鼓勵你每天進行聖經經文的禱讀帶領及 Start up 思想回顧、記錄和行動，這些都將幫助你——經歷與神同行的自潔旅程。

　　在這本手冊中，我們也刻意在全書之後留下許多篇幅讓你可以透過文字、畫畫、照片……等等各樣的方式，來記錄你與神的對話和心情；三個月結束之後，也可以將它單獨裝訂成冊，成為屬於你和神的「愛之書」。

　　無論其中是開心、傷心、沮喪、無助或是擔憂、恐懼等，要相信那都是一個歷程。祂愛你也包容你的一切，更願意為你引導、引路，和你一起迎接真理的自由。

　　這是一本專屬你的書，世上別無取代！生命的成長無需著急，我們鼓勵你一周、一周地完成操練，一步、一步地踏穩步伐向前行。願神從此刻開啟你靈裡的畫布與稿紙，讓你開始為祂創作，並且開始分享與祝福更多的人！

在你預備開啟生命新頁之前，讓我們一起來禱告：

我主我的神，感謝祢、讚美祢！

向祢呼求，讓我們愛上祢！

當我們愛上祢時，把那敬畏的心志膏下，

讓我們得以更深地愛祢。

懇求主聖靈將開始經歷和創作這本禱告手冊的 *李遠仁*

帶領到水深之處，幫助我們不在環境中打轉，

真實明白敬畏祢的重要，

並且得以更多經歷到祢愛的豐盛與美好！

讓我們把生命再一次交還給主。

我主我的神，感謝祢、讚美祢！

註：本書相關引用經文，除少部份內容外，全數參考自《新標點和合本聖經
（神版）》。

每天與神一同走上自潔之旅

「當以聖潔的裝飾敬拜耶和華！」詩篇九十六：9a

　　「自潔」是幫助我們脫離不義，開始在神的光照中經歷祂及了解祂的心意。邀請你在接下來的日子裡，每天給自己至少 15 分鐘的時間，透過以下步驟來等候神、與祂親近。

1. 安靜與轉回

將自己內心的煩擾、思慮與一切的波濤洶湧先放下，單單呼求被神的愛充滿，把你的眼目轉回神面前。

2. 交託與聆聽

將生活中所遇見的事情交還給神，問問神對這些事情的看法、問問祂希望你怎麼面對。

3. 禱告與操練

透過自己禱告或禱讀經文、禱告詞的方式，讓自己更多的仰望神，並查明心中的偶像。懇求聖靈在生活中透過各樣的操練，逐一除去那不討神喜悅的價值觀。

4. 記錄與感恩

將你向神傾心吐意所祈求的，或是在安靜中從神領受的事物一一記錄下來。每當內心失落與不安時，就打開自己所記錄的內容並起來感謝神，神必會讓你心裡的力量剛強起來！讓我們藉著感謝來進入突破。

「自潔」旅程的注意事項：

· **留意自己的心**：避免進入驕傲與自責，不要長出控制與自義。

· **常常求神光照**：藉著祂的話幫助我們勝過風浪。

· **尋找屬靈遮蓋**：學習順服與信任權柄，不再靠魂行事。

「人若自潔，脫離卑賤的事，就必做貴重的器皿，成為聖潔，合乎主用，預備行各樣的善事。」（提摩太後書二：21）

（整理自〈鷹計畫〉課程 2021）

指望的門

她從那裡出來，
我必賜她葡萄園，
又賜她亞割谷作為指望的門。
她必在那裡歌唱，與幼年的日子一樣，
與從埃及地上來的時候相同。

何西阿書二：15

1. 在這半開的門中,邀請你花個時間想想:現在的你,是在門外還是門內?請將自己的位置畫出來。

2. 門外有許多的雜物。請畫出現在有哪些屬於你的雜物積在這裡,使你不小心把它堆在門外或是帶進門內?

3. 當你畫完這些雜物時,邀請你再花個時間問問神:祂要賜給你什麼,來幫助你清除這些雜物。

我覺得這些雜物對我來說是 ＿＿＿＿＿＿＿＿，

它們讓我寧可想 ＿＿＿＿＿＿＿＿，為什麼？

＿＿＿＿＿＿＿＿＿＿＿＿＿＿＿＿＿

＿＿＿＿＿＿＿＿＿＿＿＿＿＿＿＿＿，

但我剛剛禱告後，神已經賜給我 ＿＿＿＿＿＿＿＿，

因為祂要與我 ＿＿＿＿＿＿＿＿＿＿＿，

我相信，靠著祂給我的 ＿＿＿＿＿＿＿＿＿，

我將會 ＿＿＿＿＿＿＿＿＿＿＿＿＿。

悖離與等候

> 「她從那裡出來,我必賜她葡萄園,又賜她亞
> 割谷作為指望的門。她必在那裡歌唱,與幼年
> 的日子一樣,與從埃及地上來的時候相同。」
> 何西阿書二:15

何西阿是聖經裡的先知,他的名字有著很奇妙的意思:「祂施行拯救,在患難時使你得幫助。」他的婚姻也有著很奇妙的際遇,正如同當時他所在的以色列和神之間的關係。

沒有人希望自己的婚姻會經歷外遇風暴,然而何西阿卻遇到了。他親身經歷被所愛背叛的傷痛與羞辱;正如同曾經與以色列民立下生死盟約的神,也經歷到他們的離棄與背叛。

在何西阿書第二章前半段,說出了因叛離之罪所出現的後果,但卻在第二章第15節裡出現了如此有盼望的經文:「她從那裡出來,我必賜她葡萄園,又賜她亞割谷作為指望的門。她必在那裡歌唱,與幼年的日子一樣,與從埃及地上來的時候相同。」

這是神預言性的宣告,對於祂所愛的新婦。儘管面對悖逆與叛離,祂仍然忠心等候,直到回轉的那一日,祂打開「指望的門」,洗淨眾罪、不再記念,讓她仍然能應聲歌唱,「與幼年的日子一樣」。

親愛的你,主耶穌就是那「指望的門」。透過祂,你能從此刻的困境之中找到出路與更新。神正在做新事,祂正在

邀請祂所愛的新婦：就是你！一起加入祂的計畫。

　　看見「指望的門」為你開啟了嗎？在第一天裡，邀請你特別留意自己的心，開始學習與思想新郎耶穌的心意。在「指望的門」開啟時，你也將開始領受生命中的神蹟奇事！現在就開始為自己禱告。

/ 為自己禱告 /

　　求主幫助我，每一天都為我戴上救恩的頭盔，
　　讓我的心思意念再來歸給祢，走進祢的心意！
　　求聖靈常常提醒我，讓我走進指望的門，
　　不但我的心歡喜、靈快樂，我的肉身也要安然居住。

　　（按手在自己的眼睛上，作以下的祝福禱告）
　　主啊！求賜我「鴿子眼」能夠專注在祢面前，
　　經歷、看見祢奇妙的作為。
　　當我專心把自己歸給祢時，將我的眼睛分別為聖，
　　賜下先知性的恩典臨到我，
　　每一次來到主施恩座前，
　　就能得見主的美麗、看見靈界的奧秘！

　　奉主耶穌基督的名禱告，阿們！

★ 每周一開始的【Start up】時間，是要邀請你：在接下來的每一天裡，時常回顧看看你曾經有過的想法，並且記下你心中的改變。

DAY 2　神要做新事

> 「看哪，我要做一件新事；如今要發現，你們豈不知道嗎？我必在曠野開道路，在沙漠開江河。」以賽亞書四十三：19

　　接下來的日子，是新郎耶穌要「奪回」的開始。祂要讓我們走進全盤的拯救，並將前面的道路指示我們、將策略賜給我們，使我們能知道應當如何行。

　　常常來到祂的施恩座前吧！那是我們重新得力的時候。神在今天要透過以賽亞書第四十三章第 19 節來啟示你。

　　以賽亞先知其實在告訴我們：「神要做新事！」祂正要帶領以色列人經歷嶄新的「出埃及」經歷，而這經歷也要在你我的生命中開啟。

　　我們要向神求，求祂調轉我們的眼目，讓我們單單說：「看哪！」看哪！神已經為我們成就的這件新事，我們「發現」了！發現祂就是那位「在曠野開道路」、「在沙漠開江河」的神！

　　現在就為你自己宣告：在接下來的日子裡，只要單單的「看哪！」不要再企圖為自己奮戰，要記得，我們已經加入了神的計畫，所以必然會得勝！謝謝主邀請我們加入祂的計畫，在我們生命中所遭遇到的任何風浪，都是祂的訓練，為了要把我們重新帶回祂的施恩座前。

奉耶穌基督的名宣告：

求主賜下信心，讓我學習退到後面觀看祢的作為，

單單只要「看哪！」

讚美主！祢是為我引導、引路的神，

並且在我的生命中要行奇妙的工作。

求主讓我們在接下來的日子裡，

學習怎樣「看」以及如何與祢同工。

讓我把生命再一次交還給主，

因為我原是神手中的工作，在基督耶穌裡造成的。

奉主耶穌基督的名禱告，阿們！

★ 今天禱告之後，不要忘了再回顧一下之前的【Start up】時間，並且帶著禱告和神的祝福一起入睡。

必定追得上

> 「大衛求問耶和華說：『我追趕敵軍，追得上
> 追不上呢？』耶和華說：『你可以追，必追得上，
> 都救得回來。』」撒母耳記上三十：8

你心中是否正在面對一些需要追趕的事情？讓我們持續以撒母耳記上第三十章第 8 節來宣告：我們要「追趕」，並且追得上！開始奉耶穌基督的名宣告：「必定追得上！」在你開口宣告時，就會經歷神奇妙的作為。

很多時候，你可能覺得「指望的門」一直沒有打開，甚至你一直在尋找神卻好像無法見著祂的面。鼓勵你要常常提醒自己：神在做新事，並且邀請我們一起同工。不要忘了我們是要加入祂的計畫——我們做我們的本份，神就做祂的那一份。

懇求聖靈帶領我們，這是一個學習「追趕」的日子。無論在關係、財務、工作或健康等，都要奉耶穌基督的名宣告：「追上了！」主讓我們真實知道如何與祂同工，追上祂的速度，祂要持續做快手筆的工作，凡來到施恩座前，祂就要讓我們開始經歷奇妙。

家人們，靈界是這樣的：每次你開口，雖然好像沒有感覺或改變，但當你開口時，神就把你往前推進了一步。每次開口宣告或讚美，就是神再把你往前推的時刻。求神持續加

添信心與力量、更堅定你與祂的關係。

　　特別在屬於「指望的門」這一周裡，你一定要開始學習如何與神同工。奉耶穌的名祝福你：在今天能與神對齊。神說：「保守我們的心勝過保守一切，因為一生的果效是由心發出。」（箴言四：23），要特別留意我們的心，當心感覺不對勁時，立刻就開始向神對齊。

為自己禱告

　　現在就開口為自己來禱告！為著過去你常常在思想的一些事情——你所失去的關係、財務困境、健康危機。求主施恩賜福在你開口所提的每一件事，並將信心的膏油賜給你，禱告不僅追得上，甚至要奪回過去所失去的。

奉耶穌基督的名，求主從施恩座前釋放信心的膏油與大能，膏在我身上，在我生命中所失去的（或覺得每次宣告好像門都沒有開啟的）_____ 都要追得上而且被奪回！求主打開我信心的眼睛，在人感覺「不可能」時，我們知道在主凡事都能！

主啊！讓我們的眼目不離開祢，單單專注於祢，求祢持續做奇妙與快速的工作，讓我常常經歷祢奇妙的作為，求主做快手筆的工作，謝謝祢的同在！

奉主名來宣告：宣告我的身體要跟神對齊、我的身體要復還，我的身體要不斷追得上，我要開始興盛與健康。奉耶穌基督的名，命令一切疾病權勢完全離開！一切都要恢復到原來的受造，奉主名祝福我的身體，能領受到主耶穌的健康！

★ 回顧【Start up】時間，並且記錄下自己的感恩、感動。

不膽怯的心

「因為神賜給我們，不是膽怯的心，乃是剛強、
仁愛、謹守的心。」提摩太後書一：7

今天，讓我們以這段保羅提醒提摩太的經文，來為自己
禱告。

在經文裡提到的「剛強」，指的是讓我們面對撒旦魔鬼
時，要有剛強的心志，要奉耶穌基督的名擊退攻破一切仇敵
的詭計。

而「仁愛」則是在於：我們可以愛，乃是因為神先愛我
們（約翰一書四：19）。讓我們單單從神支取祂的愛，以致
能成為愛的發電廠，開始去給予。

至於「謹守的心」則是要謹守自己，特別是心思裡要感
覺到聖靈的掌管與引領。這更表示我們要開始長出屬靈的果
子，包括「節制」。

神希望我們開始警醒禱告，免得入了迷惑，將我們全人
單單歸給祂。在「指望的門」要開啟的日子裡，神要挪走我
們的害怕。「膽怯的心」會讓我們的生命和潛力無法被釋放
出來，甚至會攔阻我們的夢想。現在就開口來為自己禱告吧！

求主幫助我，讓我戴上救恩的頭盔，讓我的心思意念再來歸給祢，走進祢的心意！

奉主的名拒絕一切的害怕，攻破仇敵的詭計，命令懼怕的權勢完全離開！鬆開我心裡一切的壓抑，宣告我的心是極其熱情的，並且走進祢的自由裡。

我要持續向祢呼求剛強的心志，藉著祢的靈叫我心裡的力量剛強起來。幫助我能有愛的能力，當我開始跨出去愛的時候，就能見著祢的神蹟奇事。

求主耶穌在我的 _____ 關係裡，帶領我成為一個和平、和睦的人。讓我能有謹守的心志，謹守祢的律例典章和祢的話，讓我學習先與祢對齊，也因著愛祢而懂得謹守，因為我不想讓祢失望，並且希望自己能持續行走在祢的道上！

奉主耶穌基督的名禱告，阿們！

★ 回顧【Start up】時間的記錄，並且記錄下自己的感恩和感動。

祂是開路者

> 「如經上所記：神為愛他的人所預備的是眼睛
> 未曾看見，耳朵未曾聽見，人心也未曾想到
> 的。」哥林多前書二：9

每一天，神真的都會有新事要發生在我們當中！

在「指望的門」開啟的日子裡，要再特別提到的是：「我們的神是開路者！」在你持續宣告這個月可以「追得上」時，神蹟奇事也必定伴隨著我們。

因為神是開路者，祂單單只要我們「看哪！」祂是在曠野開道路、在沙漠開江河的神。所以當「指望的門」開啟，你就要為著心裡所求、所想的，奉主耶穌基督的名持續宣告：「我追上了、我追上了」！

哥林多前書第二章第9節中講到「神為愛他的人所預備的」。這段經文是源自以賽亞書第六十四章第4節：「從古以來，人未曾聽見，未曾耳聞，未曾眼見在你以外有什麼神為等候他的人行事。」。

「神為愛他的人所預備的」，並不是指愛神的人才能享有神的救恩，保羅在這裡是要強調：只要我們跟神連上了、只要我們邀請耶穌進到我們心裡，神蹟奇事就要臨到你生命當中！

神正預備將祂救恩的美麗釋放在全地，這完完全全無法

用我們有限的腦袋來思想。鼓勵你不單為自己禱告，也要為家人、親友禱告，求主的神蹟奇事與救恩的美麗，從此時就為我們開啟。

為自己禱告

邀請你為一位在心中有負擔的人來禱告，也邀請你把心中這個名字全然獻上。

求主聖靈把傳福音的熱情賜給我，
釋放祢自己的啟示，讓我可以領受得到，
常常提醒我們為著心中感到負擔的這位親友＿＿＿＿＿＿
開口呼求，
當我把這個名字全然交出來的時刻，
神，祢就開啟自己的奇妙，
讓我經歷祢的神蹟奇事。
求祢鬆開她／他的心，
在接下來的日子裡，當指望的門打開，
讓＿＿＿＿＿能夠進到教會，
並且單單被神的愛得著，
這樣的速度要愈來愈快！
奉耶穌基督的名禱告，阿們！

★ 回顧【Start up】時間的記錄，並且記錄下自己的感恩和感動。

神凡事都能

「耶穌看著他們，說：『在人是不能，在神卻不然，因為神凡事都能。』」馬可福音十：27

在本周一開始，我們提到了神打開「指望的門」，並將應許賜給我們。還記得前些天分享到在撒母耳記上第三十章第 8 節的經文：「大衛求問耶和華說：『我追趕敵軍，追得上追不上呢？』耶和華說：『你可以追，必追得上，都救得回來。』」

事實上，這段經文的背景是大衛原本投靠的非利士人，將要和以色列人爭戰，但卻因為擔心身為以色列人的大衛會在戰爭中背叛他們，所以拒絕讓他參戰。儘管如此，雪上加霜的是，在大衛到了洗革拉之後，所居住的城已被火焚燒，連妻兒們都被搶奪，而跟隨他的眾人甚至氣憤到想要打死他，然而，「大衛卻倚靠耶和華——他的神，心裡堅固。」（撒母耳記上三十：6b）。於是大衛軍隊經歷神的恩典，不僅追上了仇敵還救回了被擄掠的親人與財物。

神告訴我們，這是「指望的門」要開啟的日子，祂要讓我們「追得上」，這意謂著過去所失去的，甚至此刻面對到的所有不容易景況，都要奉耶穌基督的名宣告：這是「復還」的日子！我們追得上，不但追得上，還要開始奪回所失去的。

家人們，在宣告時你要知道，靈界是憑著信心運行的，

你會有信心是因為你有「盼望」。很多時候門好像沒開，但這正是要等候的日子，此時很重要的就是：要有「信任」──你對神的信任。

鼓勵你常常默念馬可福音第十章第 27 節，「因為神凡事都能」，並將它內化在生命裡：奉耶穌的名摧毀心中一切不信的謊言，神的應許是「你可以追得上」，你配得擁有這一切、一切的豐盛。

/ 為自己禱告 /

親愛的主，很多時候我的心會有震盪，求祢保守我的心勝過保守一切，因為我知道一生的果效是由心發出。

因此，在我面對被冒犯、艱難的環境裡，讓我把一切負面的思想和謊言全然交還給祢，我要命令仇敵的詭計完全離開！宣告神的心意要臨到我的生命當中。

求聖靈帶領我，在愈艱難、不容易的時刻裡，提醒我在心思意念與眼目都能常常與祢對齊，讓我立刻停止猜疑、停止一切的想法，擁有屬神的眼光與思想。

禱告在接下來的日子裡，祢要全然轉換我的倚靠系統，讓我能擁有從祢而來的心意與啟示，賜給我啟示與智慧的靈，讓我能夠經歷祢、見著祢的面。

奉主耶穌基督的名禱告，阿們！

★ 回顧【Start up】時間的記錄，並且記錄下自己的感恩和感動。

求主轉向我

「萬軍之耶和華說：從你們列祖的日子以來，你們常常偏離我的典章而不遵守。現在你們要轉向我，我就轉向你們。你們卻問說：我們如何才是轉向呢？」瑪拉基書三：7

如同這段經文所提到的：神責備以色列人常常偏離祂的典章，然而神卻願意再次給以色列人機會，祂希望「現在你們要轉向我，我就轉向你們。」

在這裡講到「轉向」，其實就是「悔改」的意思。悔改認罪是因為神要將我們的心奪回，祂為了愛我們的緣故而興起環境，為了要調轉我們的眼目。

家人們，接下來當你在為任何事禱告時，都需要明白：我們已經要走進啟示錄第五章裡所提到的「琴與金香爐的敬拜」。在末後的日子裡，「敬拜」與「禱告」是可以攻破一切仇敵詭計的重要兵器。

神要藉著我們的口發聲、藉著敬拜讓神的榮耀遍滿這地。在歷代志下提到約沙法藉著敬拜得勝（見第二十章）；保羅、西拉被下在監獄裡藉著敬拜而打開監牢的門（見使徒行傳第十六章）。因此，鼓勵你在今天無論為自己、國家、教會，甚至全球禱告時，求神賜下聖靈帶著你來敬拜，讓我們分別為聖。當神兒女起來敬拜時，就可以攻破一切仇敵的

堅固營壘。

　　在進到「指望的門」時，求主把悔改的靈賜給我們，將這樣「轉向」的恩典賜下。當我們興起敬拜，主的榮耀就必在我們生命中顯現。

／ 為自己禱告 ／

　　求主幫助我，在接下來的日子裡，要藉著「讚美」甩掉生命裡一切覺得難過以及不容易的事情。

　　讓我學習凡事謝恩，在每一件事上，無論喜怒哀樂。甚至能夠常常為著心中覺得難以過去的事來開口讚美，讓我經歷得勝。

　　我要開口宣告：在未來的這一周，我將要經歷神蹟、我要與神有更深的面見，我要宣告我的＿＿＿＿＿＿（心中感到艱難的事，如：財務、關係、工作、健康等），都將開始走進豐盛的旅程。

　　求聖靈帶領我經歷祢的喜樂，經歷祢奇妙的作為！奉主耶穌基督的名禱告，阿們！

★ 一周過後，再回顧之前【Start up】時間的記錄，若你發現自己有新的想法和改變，邀請你留下一段時間和神對話，並且在本書最後屬於你和神的空白頁中，留下你想和神所說的話。

_____

_____

_____

投靠

凡投靠你的，
願他們喜樂，時常歡呼，
因為你護庇他們；
又願那愛你名的人都靠你歡欣。

詩篇五：11

當你在讚美、敬拜和宣告時,在腦海中是否有出現哪些人、事、物?請在下列的空格中用不同顏色的筆畫出來,並且用自己的方式標示出影響你的程度。

我剛剛在禱告中，我的腦海中居然出現 ＿＿＿＿＿＿＿＿，

我覺得很 ＿＿＿＿＿＿＿＿＿＿＿＿＿＿＿＿，

是因為 ＿＿＿＿＿＿＿＿＿＿＿＿＿＿＿＿＿＿

＿＿＿＿＿＿＿＿＿＿＿＿＿＿＿＿＿＿＿＿＿

這讓我很 ＿＿＿＿＿＿＿。

請在下方空格中填入 ＿＿＿＿ 程度

0 %　[＿＿＿＿＿＿＿＿＿＿]　100 %

（邀請你閉上眼睛，問問神會給你什麼）

神已經給了我三樣東西：（請記下這三樣東西）

1. ＿＿＿＿＿＿＿＿＿＿＿＿＿＿＿＿＿＿ 為什麼？

　　＿＿＿＿＿＿＿＿＿＿＿＿

2. ＿＿＿＿＿＿＿＿＿＿＿＿＿＿＿＿＿＿ 為什麼？

　　＿＿＿＿＿＿＿＿＿＿＿＿

3. ＿＿＿＿＿＿＿＿＿＿＿＿＿＿＿＿＿＿ 為什麼？

　　＿＿＿＿＿＿＿＿＿＿＿＿

我要好好的使用神給我的這三樣東西。

凡投靠祢的

> 「凡投靠你的,願他們喜樂,時常歡呼,因為
> 你護庇他們;又願那愛你名的人都靠你歡欣。」
> 詩篇五:11

家人們,這周一開始,鼓勵你走進這段經文的祝福裡。「凡投靠你的,願他們喜樂」這段經文在另一個譯本裡譯為:「凡避難於你裡面的,願他們都喜樂」。經文裡的「投靠」指的是你在患難中,有處所可以躲——你可以逃到最喜樂的神面前,上帝應許祂會保護你,並讓你走進喜樂裡。

經文中又提到「時常歡呼」,這在原文裡講到的是「永遠歡呼」,這意謂著當我們知道如何躲進祂裡面、知道該如何來投靠祂,祂便會在生活中帶領我們進入滿足的喜樂之旅,這喜樂是可以一生之久的。 所以後面講到:「願那愛你名的人,都靠你歡欣」,這指的是上帝的善意與保護,要讓信靠的人都得著長久的平安。

在接下來的日子裡,神要讓我們走進「投靠」裡。當你心中要面對不容易的景況,或當你裡面充滿了爭戰,甚至存在著非神信念時,你要懂得逃到最喜樂的神面前,這就是「投靠」。

求聖靈不斷提醒、幫助我們,當患難來到時,我們能有這樣的恩典,不再只注視著情勢的消長,乃是能夠很快地順

服下來，單單見著神的面。每一次伏下來，就能看見神的恩典；每次順服在神所量給我們的環境裡，就能看見祂極奇妙的作為。

　　一起來禱告，求神祝福神兒女們都能有「投靠」的心志，走進詩篇第五篇第 11 節的祝福裡。

/ 為自己禱告 /

　　親愛的主，求主把投靠祢的心志賜給我，

　　讓我單單歸向祢。

　　神啊！讓我不見一人，只見耶穌；

　　讓我不見風浪，單單注視著祢。

　　我是愛祢名的人，

　　每一次向祢大聲呼求時，祢就賜下喜樂給我！

　　懇求主聖靈不但用說不出來的歎息為我代求，

　　也提醒我：常常投靠在祢翅膀的蔭下，

　　讓我願意躲進去，讓我願意伏下來，

　　把這樣的恩典賜給我！

　　主，謝謝祢的同在，讚美祢！

★ 每周一開始的【Start up】時間，是要邀請你：在接下來的每一天裡，時常回顧看看你曾經有過的想法，並且記下你心中的改變。

你投靠了誰

> 「投靠耶和華,強似倚賴人;投靠耶和華,強似倚賴王子。」詩篇一百一十八:8-9

你是否曾覺得,在禱告或宣告時好像總在重覆講同樣的話?今天要邀請你好好思想這件很重要的事:在你讚美、敬拜和宣告時,你所想的是誰?

家人們,「投靠」與「宣告」,其實就如同「換系統」一樣。我們很容易活在屬地的「倚靠系統」裡,倚靠人、金錢、知識或學歷等等,這些事物讓我們自覺有安全感,甚至以為可以搞定一切。然而,當我們向著神讚美、敬拜和宣告時,祂才是我們唯一能夠倚靠、投靠的對象。

那麼,你的「倚靠系統」從倚靠世間事物轉換成倚靠神了嗎?

經文中提到的「投靠」,也就是「投奔」和「倚靠」,這其實是兩種不一樣的動作;你要懂得「投」,才有辦法能「靠」。無論在患難、在極高的壓力或任何景況中,每當你開始宣告,就是一個行動,意謂著你要開始「投奔」,而投奔的對象就是耶穌、是那為我們而釘在十字架上的耶穌基督,也是那位從不撤棄你為孤兒的神。

投靠主耶穌就是「換系統」的開始,腦袋裡的系統要開始更換成屬神的觀念與主張,我們要有屬主的心、性情和看

見，當我們有屬神的眼界和眼光時，才有辦法開始進行代求。

　　家人們，要再次將自己的頭腦交給神，把那些卡在腦袋裡、侷限神作為的思想，如同保羅對哥林多教會所講的自高之事等等（參考哥林多後書十：5）全然交給神。奉耶穌基督的名宣告：當神在我們生命中掌王權時，我們就換系統，換成了屬天的系統！之後就會開始看見神蹟奇事發生。

為自己禱告

　　在此時，我們要把屬地的事情與難處，比如：人際關係的艱難等等，都一一交給祂。在宣告換系統時，奉主名發命令：這個關係將走進屬神與聖靈的律，從此不在情慾和聖靈的相爭中。

　　主啊！把我的＿＿＿＿＿＿＿＿（向神陳明你的難處）
　　交在祢手中，奉耶穌基督的名宣告：「換系統了！」
　　求主介入我眼目中所有不屬於祢的，
　　奉耶穌基督的名宣告：
　　在任何難處中、此時沒有辦法突破的，
　　我要向著這些問題發命令，
　　奉耶穌基督的名，宣告換系統了！
　　換成屬神的系統，有天國的系統！

★ 今天禱告之後，不要忘了再回顧一下之前的【Start up】時間，並且帶著禱告和神的祝福一起入睡。

你並不孤單

> 「凡投靠你的,願他們喜樂,時常歡呼,因為你護庇他們;又願那愛你名的人都靠你歡欣。」
> 詩篇五:11

神的心意告訴我們,要懂得投奔祂、倚靠祂,當我們投奔並真實倚靠祂時,真自由就要臨到我們每個人的生命當中。主告訴我們,祂就是避難所,當我們在祂裡面避難,祂要釋放極大的喜樂,願真實的喜樂與平安現在就臨到你的生命裡。

鼓勵你要常常記住「投靠」這個詞,並且要常常宣告。在每天早上起床時,你就向神說:「耶穌啊!我投靠祢,我要投奔倚靠祢!耶穌啊!我要投奔在祢的懷裡!」

當我們投奔在耶穌懷裡時,你要知道祂是信實的神,儘管現在你所要走的這條路,向來沒有人走過,行在其中不免感到孤單,但祂應許你:永不撇棄你為孤兒,你絕不是孤單行路。

上帝應許「敬畏祂的人,什麼好處都不缺」。鼓勵你常常提醒自己要「轉換系統」,讓眼目常常轉向神。

現在開始無時無刻地向神述說愛的言語,「投奔倚靠」到祂懷裡!藉由你開始對神述說愛的言語,你裡面會開始領受到愛的泉源,甚至開始經歷「愛大、赦免也大」,愛的能力何等偉大!

奉耶穌基督的名祝福你，在接下來一周，舉凡開口呼求的，都能脫去生命的灰塵，單單經歷神的榮耀。

主啊！請把「忠心」與「信心」賜給我。

讓我擁有一種「信心」，就是每當想到「投靠」這兩個字，

就會莫名其妙地喜樂起來，

因為我已經投奔在耶穌基督的愛裡。

如同雅歌裡，

所羅門王追求書拉密女的愛情一般，

主祢先吸引了我，我也要快跑跟隨祢，

我心屬於主，主也屬於我。

每次當我開口呼求投奔在祢懷裡時，

祢便以同在覆庇我，

讓我不再感覺孤單一人，

乃是無時無刻與我們同在。

我要奉耶穌基督的名宣告：

神的兒女足能得勝，

神的兒女足能得勝！

★ 回顧【Start up】時間的記錄，並且記錄下自己的感恩和感動。

口中的言語

「這樣，舌頭在百體裡也是最小的，卻能說大
話。看哪，最小的火能點著最大的樹林。」
雅各書三：5

本周，我們一直在邀請你「換系統」。到底要從哪裡開始換呢？答案是從「口」開始。

我們過去的壞系統多半是從「口」開始的。雅各書說：「舌頭在百體裡也是最小的」，但它卻「是個罪惡的世界」（雅各書三：6），可以對環境造成污穢的現象。所以當我們要更換生命系統、想要改變周遭環境時，就需要從你的話語開始更換。

當你的口開始說安慰、造就、勸勉人的話，這正表示著你在「同意」讓神國的系統介入你的環境裡。「同意」在原文裡有「約定」的意思，當你感覺某些人、事或環境無法改變時，鼓勵你要開始起來「同意」你口裡所說的一切，讓環境進入不同的系統裡，這表示你要立約讓神的國介入，直至看到神蹟奇事發生。

記得以前有位年輕人常常到牧師面前講說：「牧師啊！我很窮。」牧師就直接告訴他：「那就按你口中所說的成就吧！」這個故事提醒我們：要記得，你的口會帶出「同意」！到底你在同意哪一個國度？是同意神的國？還是同意撒旦的

國？

　　如果我們要投奔依賴、要投靠在神的懷裡，現在就藉著我們的口，開始帶來轉換吧！

為自己禱告

禱告求神降下烈火來！

因為我們的神是烈火，這個火要燒著我們一切的污穢，

燒掉我們口中不純淨的話。

如同以賽亞所說，

「禍哉！我滅亡了！因為我是嘴唇不潔的人！」

再一次將我們的口舌交還給主！

神啊！願祢的烈火燒著我，

願祢聖潔的烈焰現在就燒著我，

讓我的口成為潔淨、成為活水的出口。

我主我的神！我要讚美祢，我的口中要「同意」與祢的約定，

求祢在每一個環境裡，讓我能擁有真實的依靠。

我主我的神，我讚美祢！

★ 回顧【Start up】時間的記錄，並且記錄下自己的感恩和感動。

DAY 5　持續的祝福

> 「舌頭就是火，在我們百體中，舌頭是個罪惡的世界，能污穢全身，也能把生命的輪子點起來，並且是從地獄裡點著的。」雅各書三：6

　　其實在亞當、夏娃犯罪時，神就已經把言語和心思的自主權給了我們，所以除非我們常常把口所說的話和心思意念、把全人的系統都交還給神，我們才有辦法見著祂的面。

　　家人們，這是我們要走進「轉向」（悔改）的時刻。在悔改了我們的口後，你可能會想起在家裡、教會或在職場上的某一個人，這些人讓你心裡始終感覺無法勝過。現在腦袋裡是否已經出現了這些人的名字或樣子？鼓勵你現在就按手在自己心上，並且祝福他！

　　「祝福」會帶下「同意」，神的國將開始發生在你的生命當中。現在就來祝福那位你心中始終無法勝過的人，特別是在教會裡、特別是你和權柄之間的關係。現在就來祝福周遭環境和你所面對的關係，藉著我們的口來改變屬靈的氛圍、藉著口來邀請神的降臨，攻破一切仇敵的詭計。

　　奉耶穌基督的名祝福你：要見著主的面，經歷主奇妙的作為，讓我們活得更像主！「要按著心靈（心靈：或作聖靈）的新樣，不按著儀文的舊樣」（羅馬書七：6），每當一走出去，人們便看見我們的口是有能力的，是能帶下神的國度，

我們的口是要起來祝福的！

　　鼓勵你持續的祝福，當祝福不停止時，就會開始經歷突破，甚至當你再看到那位無法勝過的人時，將不再有怒氣，也不再想起過去一切不愉快的經驗。

　　求主赦免孩子口中所說出來的話，

　　很多時刻總是任意發言，

　　甚至自然而然地批評論斷，

　　以至於所說出來的話傷了人，

　　沒有帶下建造的能力。

　　求神赦免我口，赦免我的舌頭，

　　赦免我為了逞一時之快，

　　或為了在環境裡爭競，以證實我就是對的。

　　求主幫助我開始懂得以祝福取代論斷，

　　開始懂得以感恩取代埋怨，

　　求主讓我能明白，我會遇到＿＿＿＿＿＿，

　　必在我的生命之中存在美意，

　　讓我的內心能夠潔淨，

　　用屬祢的眼光來看見祢的愛與恩典！

　　奉主耶穌基督的名禱告，阿們！

★ 回顧【Start up】時間的記錄，並且記錄下自己的感恩和感動。

DAY 6　認得祂聲音

> 「既放出自己的羊來，就在前頭走，羊也跟著他，因為認得他的聲音。」約翰福音十：4

在很多時候，你可能在禱告時會感覺到不知道前面方向為何。但是不要忘記每次禱告時，其實神的國就是持續向前推進，一步、一步，再一步。

讓我們不再以屬土的性情、屬地的眼光來看待你所禱告的事，而是活在聖靈的律裡，要以永恆的眼光來看待。當我們禱告時，神可以將一切不可能的事，或看起來像是咒詛的事情，轉換成祝福。

邀請你現在就回應神，說：「我願意順服在主所量給我的環境裡！」求神祝福我們能擁有「立刻」順服的心志，知道神愛我們，每個環境都是要把我們推進祂的計畫，每個環境都是為了要訓練、培育我們擁有君尊皇族生命的開始。

這是個預備的日子，不要再用舊習慣或感覺「理所當然」的思想系統來回應問題。即便我們是對的，都要先安靜下來，問問神為什麼會這樣。要知道在每一個環境裡，主都與我們同在。

約翰福音第十章第4節的經文，在聖經新譯本中有更直接的翻譯：「他把自己的羊領出來以後，就走在前頭，羊也跟隨他，因為認得他的聲音。」在學習「倚靠」時，最害

怕的就是不知道前面的方向、不知道到底有沒有走在對的路上？家人們，不要怕聽不到神的聲音，因為你不會聽不到神的聲音！當我們以禱告、敬拜來經歷神同在時，就可以看到神將祂的心意與感動放在我們生命裡。

重要的是，要謹慎你的心思意念，只要一有負面的念頭，就要馬上斥退它，回到神的心意裡。我們一定能聽得見耶穌這位大牧人的聲音，重要的是我們要迎接神的想法，留意自己口中的言語。

為自己禱告

> 主啊！當我們感覺到前面好像空虛混沌、
>
> 淵面黑暗的時候，
>
> 求主用祢的同在來證明，
>
> 讓我們真實擁有「投奔倚賴」的感受，
>
> 求主將這樣的親密臨到我們的生命當中，
>
> 將祢的應許賜給我們，將我們領到父家中，
>
> 祢走在我們前頭，讓我們跟隨祢、倚賴祢，
>
> 我們就認得祢的聲音，
>
> 無論在任何環境裡，我們真知道自己能夠聽見祢的聲音，
>
> 知道祢就是我們引導、引路的神，
>
> 我主我的神，我要讚美祢！

★ 回顧【Start up】時間的記錄，並且記錄下自己的感恩和感動。

DAY 7　耶穌在你心

　　邀請你在今天思想以下這個問題：「你裡面的耶穌到底在生命中掌權了多少？」

　　你的眼光和你的心，攸關著耶穌在你生命當中的地位。邀請你不斷地操練一件事：當一切的艱困來到、當你想要惡言相向、當你想要開始嘮叨、當你想要說出抱怨、當你開始批評論斷……這些時候都讓我們「立刻停止」！讓我們來操練「立刻停止」，選擇在神前安靜，讓神在這個環境和事件中掌權作王。

　　求神把「投奔倚賴」的心志放在你心裡，讓你能夠常常不見一人、只見耶穌，將眼目全然交還給神，把那如同分別善惡樹的判斷都交還給主，讓我們有屬主的眼光，能真實知道在每個環境裡，主都與我們同在。

　　一起再來好好反覆頌讀本周的經文，讓這些成為你隨時的幫助。

「凡投靠你的，願他們喜樂，時常歡呼，因為你護庇他們；又願那愛你名的人都靠你歡欣。」詩篇五：11

「投靠耶和華，強似倚賴人；投靠耶和華，強似倚賴王子。」詩篇一百一十八：8-9

「這樣，舌頭在百體裡也是最小的，卻能說大話。看哪，最小的火能點著最大的樹林。舌頭就是火，在我們百體中，

舌頭是個罪惡的世界，能污穢全身，也能把生命的輪子點起來，並且是從地獄裡點著的。」雅各書三：5-6

「既放出自己的羊來，就在前頭走，羊也跟著他，因為認得他的聲音。」約翰福音十：4

為自己禱告

我主我的神，求祢把「倚靠」的心志賜給我們，

求聖靈帶領，讓我們可以「立刻」安靜下來，

當我們「立刻」安靜的時候，

讓我們投奔在祢的懷裡，尋求祢的眼光、心意和憐憫，

求聖靈常常提醒我們，帶我們走進水深之處，

讓我們摸著祢心意。

謝謝主！將一切頌讚、榮耀、愛戴，

歸在祢至高的寶座上，

禱告奉靠耶穌基督的聖名！阿們！

★ 一周過後，再回顧之前【Start up】時間的記錄，若你發現自己有新的想法和改變，邀請你留下一段時間和神對話，並且在本書最後屬於你和神的空白頁中，留下你想和神所說的話。

努力

弟兄們，我不是以為自己已經得著了，
我只有一件事，
就是忘記背後、努力面前的，
向著標竿直跑，
要得神在基督耶穌裡從上面召我來得的獎賞。

腓立比書三：13-14

下圖有兩個賽跑者。

一個是跑往終點的跑者，一個是決心放棄的跑者，

你認為跑者聽到了什麼聲音，而突然放棄繼續奔跑？

另一位跑者，又是因看見了前方的什麼，

而願意繼續向前奔跑？

（請在對話框裡填上你對上述兩個問題的答案）

跑那麼慢，幹嘛
還繼續跑！

請在框框中畫出，你認為跑者在終點處
看見什麼，使他願意持續向前奔跑。

我正在前往終點的路途上，

在終點線那裡我聽見了 _____，

我看見了 _____。

這些讓我感覺很興奮嗎？ ☐ 有 ☐ 沒有

如果有，為什麼令你興奮呢？ _____

_____

如果沒有，為什麼？ _____

_____

現在的我在這段旅程中，最享受的一件事：

_____

_____

_____

明天的我，會因著 _____

_____

繼續往終點奔跑。

DAY 1 努力向前行

「弟兄們，我不是以為自己已經得著了，我只有一件事，就是忘記背後、努力面前的，向著標竿直跑，要得神在基督耶穌裡從上面召我來得的獎賞。」腓立比書三：13-14

　　過去在這節經文中，我們常常注意到「忘記背後」，這個「背後」其實就是指過去的成功與失敗。然而此時，神把另外四個字賜給我們，就是在「忘記背後」之後的「努力面前」。

　　家人們，你是否曾想過？「面前」是需要「努力」的。

　　「努力」這兩個字在英文聖經中使用的是「Reaching forth」(KJV)，Reaching 就是「伸手達到」，「Reaching forth」就是必須把自己向前伸展出去，為要達到前方的標竿。

　　在這裡，保羅以「賽跑」作為比喻：在賽跑時，人是無法一直維持身體是筆直的，一定要讓身體有些傾斜，而之所以會向前傾，是因為當跑者奮力向前時，他心裡只有一種渴求、一種絕對，就是「我一定要達到那個終點」。

　　家人們，當你在與神奔跑的過程中，我們常常都以為靠的是「馬的力大」或「人的腿快」（參考詩篇一百四十七：10），這些都是從自己而來的謀算，求聖靈幫助我們，讓這些謀算一一死去。

52

「努力」象徵著從你心而來的渴望，如同那切求的寡婦一樣。很多時候，我們的問題在於無法「努力」跑進神的同在裡，對於與神的關係、神話語的認識，常常以為已經得著了，然而這一切我們所知的和神的廣大相比，其實都是很小的事。

求聖靈幫助我們，現在就「努力」在神的同在裡，努力跑向祂。

／ 為自己禱告 ／

主啊！求祢把奮力向前的心志賜給我，

不管環境如何，都要跑向神的計畫，跑進主的心意裡。

謝謝祢透過保羅讓我明白，

我必須忘記過去的成功和失敗。

懇求聖靈帶領我，進到這個充滿盼望的季節，

讓我一開始就努力在祢面前，

在人生的賽跑裡，耶穌，祢就是我的終點！

當我在尋求異象時，耶穌，祢就是我的異象，

就是我唯一的異象！

很多時刻累了、跑到腿痠了，

求主聖靈再把耐力和喜樂賜給我，

幫助我能努力奔向祢施恩座前。

奉主耶穌基督的名禱告，阿們！

★ 每周一開始的【Start up】時間，是要邀請你：在接下來的每一天裡，時常回顧看看你曾經有過的想法，並且記下你心中的改變。

不要發怨言

「因為你們立志行事都是神在你們心裡運行，為要成就他的美意。凡所行的，都不要發怨言，起爭論，使你們無可指摘，誠實無偽，在這彎曲悖謬的世代作神無瑕疵的兒女。你們顯在這世代中，好像明光照耀。」腓立比書二：13-15

昨天開始，我們思想了腓立比書第三章第 13-14 節的經文裡所說的「努力面前」，你需要努力跑向神，並且順服在神施恩座前，以至於開始可以去經歷這位獨行奇事的神。首先要鼓勵你，無論身處在風浪或任何景況，都要開始經歷在今天這段經文中所提的：面對生命中所有事物時，不要發怨言。每當愈殷勤事奉，就愈容易有這樣的現象。「發怨言」會讓你如同杯底有漏洞的水杯，永遠無法裝滿水、水一進來就從底部漏掉了。

還記得在曠野中的以色列百姓嗎？地理學家分析，當年他們從埃及出發到達迦南地，其實只需 11 天的旅程，但是卻走了 40 年。

「抱怨」會讓我們失去神的恩典，「發怨言」只會讓我們在曠野中停滯或耽延。鼓勵你，現在就停止抱怨，努力跑向神吧！當我們這麼做時，每天就不會在擔心和害怕裡，你將不再常常只看見那令人不滿的環境。

要留意！在接下來的日子裡，會出現很多憤世嫉俗的性

格，以致於許多悖逆的事情發生。「發怨言」會成為習慣，甚至會有一種權勢籠罩在生命當中，你需要常常留意這黑暗的權勢。

讓我們的口被神所掌管，開始在艱難中宣告神的國度；從凡事謝恩開始學習，愈感謝便愈能看見神奇妙的作為。

為自己禱告

謝謝主帶領我，
在這一周裡，求祢把「努力」放在我的心中。
無論面臨任何順境或逆境，
求主提醒我，讓我「努力」跑向祢，
「努力」奔跑在祢的國度裡！
常常可以明白主每天量給我的，
都是讓我所面臨的訓練，讓我們可以跑向祢。
求祢祝福我，
儘管在非常不容易的環境裡，
當我忍不住要開始抱怨時，
我的口可以再次被祢掌管，
讓我的口可以常常宣告神的國度降臨、神的旨意成就，
當我禱告呼求主名時，
我只有一個心志，就是：
願人都尊祢的名為聖！
奉主耶穌基督的名禱告，阿們！

★ 今天禱告之後，不要忘了再回顧一下之前的【Start up】時間，並且帶著禱告和神的祝福一起入睡。

努力來忍耐

> 「弟兄們,你們要把那先前奉主名說話的眾先
> 知當作能受苦能忍耐的榜樣。那先前忍耐的人,
> 我們稱他們是有福的。你們聽見過約伯的忍耐,
> 也知道主給他的結局,明顯主是滿心憐憫,大
> 有慈悲。」雅各書五:10-11

今天,鼓勵你要將之前忍耐的先知作為榜樣,一起來操練「努力忍耐」,「忍耐」等候耶穌的再來。

「惟有忍耐到底的必然得救」(馬太福音十:22),這是聖經裡一段耳熟能詳的話。在中國字裡,「忍」是一顆心插著一把刀,彷彿眼前有很多刺刀迎面而來。「忍耐」是何等不容易!

但是回過頭來想,雅各書裡告訴我們,要我們去思想「約伯的忍耐」。約伯的際遇又是何等不容易,在同一天裡,他失去了兒女及所有財產,甚至連好朋友都勸他放棄!但是約伯就是堅持「努力」:他努力面前、努力跑向神,奮力傾身地跑向祂;他更知道自己需要「忍耐」這一切的過程,直到神成就、直到神的心意在我們所在意的事情上發生為止。

約伯之所以可以得勝,祕訣就在於「忍耐」。當環境中看不到神保守、看不到神祝福時,約伯忍耐,他不以口來得罪神,甚至很多事物無法明白、看不懂,也無法解釋,但是他堅信一件事,就是他的神——耶和華我們的神,是良善的、

是信實的。

　　約伯的忍耐和亞伯拉罕的信心是一樣的，這要成為我們屬靈的榜樣與產業。求神把「忍耐」的恩典賜給我們，求聖靈帶領我們在接下來的日子裡，當我們看不見、看不懂或看不清楚的時候，神會把「忍耐」賜給我們。

為自己禱告

　　神哪！感謝祢！在本周，祢把「努力」賜下，
　　我們真的渴望努力奔跑向祢！
　　求神幫助我們每一次回轉跑向祢時，
　　就是投入祢懷抱的開始！
　　求主幫助每一個人，在跑向祢之前可以「忍耐」，
　　讓我們不以行為來犯罪，
　　求祢幫助我們，可以更深經歷到祢奇妙的作為。
　　求神祝福每位神寶愛的兒女，
　　把如同約伯一般信任與忍耐的極大信心賜給我們，
　　求主聖靈帶領，當我們不清楚、不明白時，
　　我們不坐在其位，就不說其話。
　　讓我們單單感謝祢，
　　謝謝祢邀請我們加入這個風浪，
　　我的主，我要讚美祢！

★ 回顧【Start up】時間的記錄，並且記錄下自己的感恩和感動。

DAY 4　關係的忍耐

> 「你們聽見過約伯的忍耐,也知道主給他的結局,明顯主是滿心憐憫,大有慈悲。」
>
> 雅各書五:11

　　如同約伯一樣,很多時候在關係裡,我們也是需要「忍耐」的。

　　特別當人際關係總是不如己意時,有些人會因此想要離開,也有些人想要放棄,更有些人是心已死去,不願意再一次多談。

　　求神幫助我們,在努力跑向神之前保守我們的心,讓我們終其一生得著「忍耐」的恩典。

　　無論是在面對家裡的關係,或是學校、工作職場裡等等關係,讓我們一起開口為自己祝福,使你所到之處,都能成為和平之子,於你所在之地,都能成為和睦的人。在關係裡,我們不被冒犯,也不受從人而來的攪擾。

　　求神帶領我們,在接下來的日子裡可以忍耐!當我們遇見不同性格、背景等的人時,彼此在行事為人可以不同,但是在關係間卻能夠恆長久遠。

主我讚美祢！

奉耶穌基督的名祝福我的關係，

讓我在關係裡常常經歷祢的恩典！

我主我的神，求祢幫助我，

先來吸引我的眼目，讓我能有愛的能力。

讓我在遇見到不容易的景況時，

就是單單起來轉向主；

當我遇到那些無計可施、無能為力的人時，

藉著祝福她／他，

就看見神國降臨！

奉耶穌基督的名禱告，阿們！

★ 回顧【Start up】時間的記錄，並且記錄下自己的感恩和感動。

因信而說話

「但我們既有信心，正如經上記著說：我因信，
所以如此說話。我們也信，所以也說話。」
哥林多後書四：13

在本周裡，我們正走進「努力面前」，是一個奮力傾身
的開始。在前幾天裡有提到：需要開始努力跑向神，努力不
埋怨、努力如同約伯的忍耐。那麼，你可以「忍耐」嗎？又
要如何「忍耐」？

讓我們一同走進哥林多後書第四章裡，保羅在此向著哥
林多教會講一件事：「我們有這寶貝放在瓦器裡，要顯明這
莫大的能力是出於神，不是出於我們。」（哥林多後書四：
7），當我們要努力、奮力傾身在神面前時，面對此刻的環境，
不但要忍耐，更要開始宣告正面的話語。

神的話告訴我們：「我因信，所以如此說話。」（哥林
多後書四：13）信心究竟是如何運作呢？其實非常簡單，就
是藉著我們的口，藉著我們說出自己所相信的，信心就有功
效了。

在靈界裡都是憑著信心運行的，當你常常說出自己所相
信的，也就是在環境裡開口宣告出神的心意，心裡所相信的，
口裡就充滿。在這個環境裡，即便再難，你都要宣告出神的
心意。

鼓勵你在接下來的日子裡，要常常操練「我因信，所以如此說話。」即便前路未開，但因為相信我主我神是開道路的神；環境再難，神都有祂的心意要興起，因為我主我的神是化咒詛為祝福的神，所以我要如此說話！

當你說出你所相信的，就會開始去經歷這很棒的一天，當你相信，然後說出來，事情就成就了！阿們！

為自己禱告

接下來這個禱告詞非常重要卻很簡單。現在就開口取消心中一切不屬神的信念，並且宣告神祝福的心意。這個短短的「祝福」與「加速」在靈界裡會有極大的震動，讓你既可以看見神的心意，也看見害怕與憤怒在神的恩典中會瞬間消散。

奉耶穌的名！

我取消生養遲緩，我祝福生養加速；

我取消只一直追求，我祝福傳福音加速；

我取消愁苦抱怨，我祝福喜樂加速；

我取消眼光短視，我祝福眼光加速；

我取消家庭失和，我祝福關係加速；

我取消愛心退後，我祝福愛心加速。

安靜 20 秒，選擇一項你需要突破的關鍵再來宣告！如果這件事不在以上禱告裡，你可以就下面的禱告來宣告「取消」你在環境中所看見的一切不屬神信念。

奉耶穌基督的名，

我取消 _____

我祝福（自己的名字）_____ 加速

★ 回顧【Start up】時間的記錄，並且記錄下自己的感恩和感動。

你相信什麼

「他是神榮耀所發的光輝，是神本體的真像，
常用他權能的命令托住萬有。他洗淨了人的罪，
就坐在高天至大者的右邊。」希伯來書一：3

　　本周的主題是「努力面前」。其實當我們開始「努力」
操練敬虔時，相信神就已經開始做奇妙的工作了。

　　昨天思想了哥林多後書第四章第13節：「我因信，所
以如此說話」。我們要因著相信來說話：你相信神所量給你
的環境都是好的旨意嗎？即便環境再難，都相信這位神在你
的生命中有良善、慈愛的心意嗎？

　　在希伯來書第一章第3節裡講到，耶穌基督是神本體的
真相，甚至神榮耀的光輝，也提到「常用他（耶穌）權能的
命令托住萬有。」這裡所說的「權能的命令」，指的就是神
帶著權柄與大能所說的話，而「托住萬有」就是支持、推動
的力量，在原文裡其實是「推動萬有」的概念。這些是怎麼
發生的呢？就是藉著我們的口。

　　創世記第一章第3節裡講到：「神說：要有光，就有了
光。」阿爸父有一個藉著耶穌基督來實現的偉大計畫，凡是
耶穌說出來的，聖靈就開始運行，所以當我們口中常常因著
相信而說出神的話，這就是一個推動、一個命令，也是支撐、
維持的力量。「托住萬有」是表示：你口中每次因著相信而

說出口時，就是在把這件事情往神所計劃的方向推送。

　　所以，你相信什麼？相信神所量給你都是好的嗎？如果都是好的，你需要開始揚起聲音來，常常說出神的心意。當你開始因著相信而說出神放在你裡面的看法時，就會看見你所在空間的一切屬靈氛圍都要開始改變。

為自己禱告

今天邀請你按照以下步驟來禱告：

1. 把眼睛閉上，心裡思想一件在過去這幾周裡讓你思慮繁瑣的事。

2. 求聖靈現在把你帶到「未來」，這個「未來」就是神為你所預備，甚至你心裡一直渴望突破的景象。

3. 你會越過一道高牆，走到這個「未來」。從「未來」的位置回頭看見現在的你、現在的景況與達到未來之間的缺乏。

4. 從你已經看見或知道的這個「未來」所在之處，開始奉耶穌基督的名宣告「好事發生、好事成就了！」

　　我主我的神，我感謝祢、讚美祢！
　　求祢釋放極大的信心膏抹，求祢打開我屬靈的眼睛，
　　能更深地看見祢要在我生命當中所做的奇妙。
　　聖靈求祢來帶領我們，看見祢奇妙的作為。
　　求祢帶領我走進祢的心意裡。

奉耶穌基督的名宣告：

祢所開的沒有人可以關，祢所開的沒有人可以關！

當我揚聲宣告的時刻，這是主祢得榮耀的日子，

我要奉耶穌基督的名，向著心中那一切的風浪宣告：

我已經勝了風浪，我已經勝了風浪！

我宣告已經拿到了，我已經看見成就了，

神祢要為我開道路，

因祢就是那一位在曠野開道路、在沙漠開江河的神！

我主我的神，我感謝祢、讚美祢！

★ 回顧【Start up】時間的記錄，並且記錄下自己的感恩和感動。

琴與金香爐

「倘有禍患臨到我們,或刀兵災殃,或瘟疫饑
荒,我們在急難的時候,站在這殿前向你呼求,
你必垂聽而拯救,因為你的名在這殿裡。」
歷代志下二十:9

在面對爭戰、逼迫與極不容易的大環境時,我們到底如
何才能經歷得勝?在歷代志下第二十章第 9 節裡,約沙法在
面臨難處與爭戰時,他帶著眾人來到神面前禱告、尋求神,
也就是在聖殿裡敬拜。

所以家人們,邀請你記住,無論在任何景況下,要「努
力」。努力不是靠著自己,乃是要先回到神裡面、來到神施
恩座前。

現在所面對的環境艱難,其實是要把我們推向神的計
畫,神要讓你我的心藉著來到祂施恩座前的敬拜與禱告,以
此來得勝,也就是走進〈啟示錄〉第五章所提到的「琴與金
香爐的敬拜」裡。

求神興起列國中神的兒女們起來敬拜,一群一群,無論
年齡或種族,都開始藉著敬拜為列國禱告。求神幫助我們,
在全球興起敬拜的浪潮,當神兒女聚集一起時,不再談論地
上的事,乃是一起敬拜神。

但願聖靈帶著我們如同使徒老約翰一樣,上去看見這遼

閣之地，在敬拜的時刻，就可以觸摸到神的榮耀，將主的政權全然帶下，讓主介入我們當中。

「神的時間」就是由祂來帶領我們過屬神的生活，而「神的時機」就是那個關鍵時刻。當我們的禱告摸著神的心意，在「神的時間」裡與「神的時機」相碰撞，就是神蹟奇事發生的時候。每一次禱告就是將你所禱告的事推進神的計畫裡，在神永恆的時間裡，這件事將被更多地推進祂的國。甚願祂的恩典就此臨到你！

／ 為自己禱告 ／

主！我願意成為敬拜祢的人、成為口中說出祢心意的人。
願我的心就此「轉向」完全歸給祢。
求祢幫助我，持續將祢的心意賜給我，
讓我口裡可以宣告出祢的國，
口裡可以說出祢的計畫，
讓我在面對爭戰、逼迫與極不容易的大環境時，
不是靠著人的計劃與謀略得勝，
乃是要藉著禱告加入神的計畫。
奉耶穌基督的名，
願祢愛的膏油在禱告的火中燒著我，
讚美主，謝謝祢！

★ 一周過後，再回顧之前【Start up】時間的記錄，若你發現自己有新的想法和改變，邀請你留下一段時間和神對話，並且在本書最後屬於你和神的空白頁中，留下你想和神所說的話。

安息

因為那進入安息的，
乃是歇了自己的工，
正如神歇了他的工一樣。
所以，我們務必竭力進入那安息，
免得有人學那不信從的樣子跌倒了。

希伯來書四：10 - 11

你是否有一段與神獨處的時間呢？

邀請你在接下來的日子裡，選三天可以的日期、找個你最愛的地點、預備一杯你喜歡的飲料，拋開手機、電視報紙，單純與神來場約會吧！

♥ 與神約會日記 1

約會日期：＿＿＿ 月 ＿＿＿ 日 ＿＿＿ (am/pm)

地點：＿＿＿＿＿＿＿＿＿　我的心情：☀ ☁ ☂ ⛄

約會氛圍：♡♡♡♡♡

我的飲料：＿＿＿＿＿＿＿

為什麼我會選這個地方，因為，＿＿＿＿＿＿＿＿＿＿＿

＿＿＿＿＿＿＿＿＿＿＿＿＿＿＿＿＿＿＿＿＿＿＿＿＿＿＿

＿＿＿＿＿＿＿＿＿＿＿＿＿＿＿＿＿＿＿＿＿＿＿＿＿＿＿

那天在位置上的我，在做什麼 ＿＿＿＿＿＿＿＿＿＿＿＿＿

＿＿＿＿＿＿＿＿＿＿＿＿＿＿＿＿＿＿＿＿＿＿＿＿＿＿＿

在今天約會中，我分心了嗎？ ☐ 我超專心的 ☐ 有一點

什麼事情讓我分心了，＿＿＿＿＿＿＿＿＿＿＿＿＿＿＿

＿＿＿＿＿＿＿＿＿＿＿＿＿＿＿＿＿＿＿＿＿＿＿＿＿＿＿

我　□ 喜歡 □ 超喜歡 □ 一點也不愛　這場約會，因為

＿＿＿＿＿＿＿＿＿＿＿＿＿＿＿＿＿＿＿＿＿＿＿＿＿＿＿

＿＿＿＿＿＿＿＿＿＿＿＿＿＿＿＿＿＿＿＿＿＿＿＿＿＿＿

＿＿＿＿＿＿＿＿＿＿＿＿＿＿＿＿＿＿＿＿＿＿＿＿＿＿＿

♥ 與神約會日記 2

約會日期：＿＿＿＿ 月 ＿＿＿＿ 日 ＿＿＿＿ (am/pm)

地點：＿＿＿＿＿＿＿＿＿＿＿ 我的心情： ☀ ☁ ☂ ⛄

約會氛圍：♡♡♡♡♡

我的飲料：＿＿＿＿＿＿＿＿

今天這個約會地點，我遇見＿＿＿＿＿＿＿＿＿＿＿＿＿＿

＿＿＿＿＿＿＿＿＿＿＿＿＿＿＿＿＿＿＿＿＿＿＿＿＿＿＿

我原先的心情很＿＿＿＿＿＿＿＿＿＿＿＿＿＿＿

為什麼？＿＿＿＿＿＿＿＿＿＿＿＿＿＿＿＿＿＿＿＿＿＿＿

神對我說：＿＿＿＿＿＿＿＿＿＿＿＿＿＿＿＿＿＿＿＿＿＿

_____

_____

今天約會中，最讓我難忘的事？

_____

_____

我 ☐ 喜歡 ☐ 超喜歡 這場約會，因為 _____

_____

_____

我想，下次的約會品質一定會更好，因為 _____

_____

_____

與神約會日記 3

約會日期：_____ 月 _____ 日 _____ (am/pm)

地點：_____ 我的心情： ☀ ☁ ☂ ⛄

約會氛圍：♡♡♡♡♡

我的飲料：＿＿＿＿＿＿＿

在約會中我很享受 ＿＿＿＿＿＿＿＿＿＿

＿＿＿＿＿＿＿＿＿＿＿＿＿＿＿＿＿＿＿＿＿

＿＿＿＿＿＿＿＿＿＿＿＿＿＿＿＿＿＿＿＿＿

神帶我看見，＿＿＿＿＿＿＿＿＿＿＿＿＿＿＿

＿＿＿＿＿＿＿＿＿＿＿＿＿＿＿＿＿＿＿＿＿

原來我以前，＿＿＿＿＿＿＿＿＿＿＿＿＿＿＿

＿＿＿＿＿＿＿＿＿＿＿＿＿＿＿＿＿＿＿＿＿

＿＿＿＿＿＿＿＿＿＿＿＿＿＿＿＿＿＿＿＿＿

祂告訴我，＿＿＿＿＿＿＿＿＿＿＿

＿＿＿＿＿＿＿＿＿＿＿＿＿＿＿＿＿＿＿＿＿

＿＿＿＿＿＿＿＿＿＿＿＿＿＿＿＿＿＿＿＿＿

我 □ 喜歡 □ 超喜歡 這場約會，因為 ＿＿＿＿＿＿＿

＿＿＿＿＿＿＿＿＿＿＿＿＿＿＿＿＿＿＿＿＿

＿＿＿＿＿＿＿＿＿＿＿＿＿＿＿＿＿＿＿＿＿

我決定 ＿＿＿＿＿＿＿＿＿＿＿＿＿＿＿＿＿＿＿，

我要再跟神有固定約會的時間。

DAY
1

歇了我的工

「因為那進入安息的，乃是歇了自己的工，正
如神歇了他的工一樣。所以，我們務必竭力進
入那安息，免得有人學那不信從的樣子跌倒
了。」希伯來書四：10-11

在這段經文裡，其實神是在警告我們：必須常常讓起初
的信心堅持到底，但不可否認的，很多時刻堅持並非如此容
易。那麼，要怎樣才能堅持信心到底呢？上帝給予我們的「安
息」，就是要幫助我們堅持下去。

聖經裡講的「安息」，就是我們常講的「神同在」，這
就是意謂祂的喜樂、平安與能力臨到。在敬拜裡，我們的心
獲得滿足，這就是「神同在」了。「神同在」並不抽象，而
是當我們開始轉向、安靜下來，「歇了自己的工」，來到神
前，就可以享受「神同在」。

如何才能「歇了自己的工」，享受神的同在？除非我們
開始學習一件事──「安靜」。在面對環境紛擾時，我們學
習在神裡面安靜，儘管在與人交談，但將心安靜下來交給神，
祂就會把平安賜給我們。儘管接下來可能有冒犯來侵擾，或
者有一句讓你不舒服的話出現，但在你裡面是有平安的。

我們必須先「歇了自己的工」。

鼓勵你現在就開始操練「安息」，學習靜默等候祂，不

光只是「休息」或「守安息日」，而是每當事情忙完後，可以隨時轉向神，安靜下來和祂說說話，讓我們的靈魂體每分、每秒都活在神面前。

為自己禱告

主啊！願我在接下來這一周裡，

都能領受從神而來的平安。

耶穌是平安的王，

求主常常喚醒我，把我帶回到祢的平安裡。

幫助我即便要面對動盪不安的環境，

我的裡面始終都有平安。

奉耶穌基督的名禱告，阿們！

★ 每周一開始的【Start up】時間，是要邀請你：在接下來的每一天裡，時常回顧看看你曾經有過的想法，並且記下你心中的改變。

竭力的安息

> 「所以，我們務必竭力進入那安息，免得有人
> 學那不信從的樣子跌倒了。」希伯來書四：11

這段經文裡講到的「安息」是要「務必竭力」的。為什麼需要「竭力」？因為進到神的同在裡並非很容易，然而每當我們將心安靜下來，開始不停留於外在的忙碌，就可以重新回到裡面來注視耶穌、進入「神同在」裡，也因此能在繁亂震盪的世間，擁有平安的確據。

家人們，我們需要常常來到神面前。外在的難處與震盪愈來愈大，造成我們裡面不安時，因著我們常常與祂同在，就擁有了安息的本錢，這才會有辦法聽到神的聲音。求神幫助我們，讓我們「竭力」進入安息，一個懂得安靜休息的人，才是一個真實倚靠神的人。

大概在四年多前，有一次神要我到香港有一趟安息旅程，祂很清楚提到我得罪了祂，因為我沒有守安息日。身為牧師，我常常在講「安息日」，但是守安息日之於我，也常常是不容易的。仇敵會藉著環境裡的艱難，或是很多的服事，讓我們無法安息。

禱告求神把「安息」的恩典賜給我們！讓我們不但在一周裡休息一天，甚至每次忙完後，都可以安靜在神面前、和祂說說話。即便是短暫幾秒鐘，都能讓我們的心，從眼目所

見的外在，回到內裡來注視著耶穌。讓我們裡面常常安靜，以致當我們在生活裡、在開會中，都可以因著安靜而領受啟示。

求神幫助我們裡面能有安靜休息的能力，單單將自己歸給祂，在安息的時刻，攻破一切仇敵的詭計。

為自己禱告

主！我們讚美祢！幫助我們更深經歷祢！
在這一周，把這樣的恩典賜給我，讓我單單歸給祢，
馬利亞如何坐在祢腳前，我也要像她一樣。
求主赦免我的罪，在忙碌裡常常無法安靜在祢裡面；
奉耶穌基督的名攻破一切仇敵的詭計，
讓我的靈人甦醒起來，
單單安靜在祢面前，接待祢的同在。
讓我們學習接待祢，藉著安靜來到祢施恩座前，
不但等候，還可以領受祢的啟示。
求祢把恩典賜給我們，當外面震盪不安時，
讓我們裡面有一個不能震動的國，持續在平安裡。
禱告祈求，奉靠耶穌基督的名。阿們！

★ 今天禱告之後，不要忘了再回顧一下之前的【Start up】時間，並且帶著禱告和神的祝福一起入睡。

DAY 3　仰望耶和華

「至於我，我要仰望耶和華，要等候那救我的
神；我的神必應允我。」彌迦書七：7

如果此時，你感覺到生命裡一無所有，但卻總是努力想抓住什麼，無法學習在祂面前安息，那麼你將無法知道祂為你所擺設的宴席有何等豐盛、無法看見祂為你量身訂作的環境，更無法明白到底什麼是「神蹟」。

當我們安靜休息在祂施恩座前時，這就是仰望的開始，意謂我們已經知道如何鬆手。如同無助的孩子來到父親面前，就只能夠單單、專注地投靠在父親懷裡。

應當知道我們是神的兒女，必須明白「安息」就是這樣的仰望，正如同彌迦書第七章第 7 節所說的。當我們安靜下來，很多事情就無法做了，但是當你開始不做時，才能發現神做得比你更好。

在我事奉的這幾年裡，其中有一年的時間都在敬拜與禱告，我發現當時擔心的很多事，總是在我敬拜及安息在神面前時，祂就出手解決。在你心中，是否有什麼事情，是每當你安靜下來時就會想到的？再把它交還給神吧！現在正是你求問祂、仰望祂的時候！

當開始安靜在神面前，你就能摸著祂的心；當你仰望祂，祂就會把啟示和新鮮的看見，開啟在你的生命中。想知

道生命可以走多遠、走多深？你可以在這地上的國裡有多少成就？這都攸關於你如何安靜休息在神面前。

當我們安息下來時，就可以領受那新鮮的嗎哪，並且可以再成為一位供應者，持續供應祝福給他人。

為自己禱告

奉耶穌基督的名宣告：

耶和華的光已經來到了！

奉主名宣告：

這是一個復活的開始，是一個歸復的開始！

藉著我在祢面前的安靜，

求祢持續賜下信心給我，

當我愈安靜時，愈能享受祢的同在，

求祢愛的膏油持續膏抹在我的生命裡！

奉主耶穌基督的名宣告：

這是神要將門打開的日子，

是我要踏上祝福的開始，

奉耶穌基督的名攻破一切仇敵的詭計，

奉耶穌基督的名宣告：

這是提升的開始！

★ 回顧【Start up】時間的記錄，並且記錄下自己的感恩和感動。

得救的安息

> 「主耶和華──以色列的聖者曾如此說：你們
> 得救在乎歸回安息；你們得力在乎平靜安穩；
> 你們竟自不肯。」以賽亞書三十：15

今天，你「安息」了嗎？其實能夠懂得安息，可以知道如何與神同行，是很幸福的一件事。這幾天我們一直在思考「安息」，而神要帶領我們進到以賽亞書第三十章第15節裡，你我對這節經文其實都不陌生，這裡提到了「得救在乎歸回安息」，而在「安息」前必須有一個動作，就是「歸回」。

「歸回」的意思是「向後轉」，也就是神要把你從錯誤的方向帶回來、轉回正確的路上，如同「Return」（回轉）的概念。「安息」在原文裡，其實就是「什麼都不做，如同死了一樣」，而當你我什麼都不做時，在你裡面所唯一存在的，也就只有「信靠」了。

在以賽亞書第三十章裡，談到神希望猶大人去等候、信靠神，不要與埃及結盟；然而猶大人卻不肯等候，他們一直希望先知能改口講他們喜歡聽的內容，更積極地開始找埃及結盟。當我們無法等候時，就會自己常常急著想要獻祭、想靠自己行事。

求神讓我們能真正進到平靜安穩、安靜的休息裡，而不是當外在事物繁雜時，思緒就開始亂了，平安也因此就失去

了。我們應當如同列王紀下第十九章裡提到的：當希西家王和先知以賽亞同心禱告時，耶和華就差派使者總共消滅了 18 萬 5 千人之多的亞述敵軍。這就是希西家王所遇見的神蹟。

當你內心安息時，願如同希西家王的神蹟奇事發生在你的生命中。

／ 為自己禱告

神啊！讓我歸回安息，讓我在經歷每件事情時，
我裡面已有安息、已有平靜安穩，
以至於能有從神而來的力量。
祝福我能領受希西家的神蹟，
祢在希西家生命中所做的，在我生命裡也會發生，
讓我加入祢的計畫！
在我生命所面臨的一切風浪裡，幫助我，
讓我裡面能有平安與安息，帶領我持續往前走。

奉基督的名祝福：不論在工作、家庭或是關係裡，
甚至是我和祢之間的關係，
這樣的神蹟奇事都要發生！
奉主耶穌基督的名宣告：我已踏上神蹟之旅！
謝謝主，讚美祢！

★ 回顧【Start up】時間的記錄，並且記錄下自己的感恩和感動。

等候的安息

> 「弟兄們哪！你們要忍耐，直到主來。看哪，農夫忍耐等候地裡寶貴的出產，直到得了秋雨春雨。你們也當忍耐，堅固你們的心；因為主來的日子近了。」雅各書五：7-8

雅各書的作者以農夫撒種的例子來提醒我們「忍耐」這件事。以色列的農夫在開始撒種時，都是存著敬畏的心，單單仰望這位要賜下秋雨和春雨的神，農夫不只是播種，更是願意耐心等候，直等到穀粒飽滿、預備收割的日子來臨。我們的生命也是一樣，是藉著安息的時刻來進入聖靈的工作。

另一個「等候」的例子是在〈使徒行傳〉第二章裡。那裡提到五旬節時聖靈的大澆灌。有 120 位門徒到了馬可樓上，開始等候聖靈。耶穌基督知道我們無法靠著自己，所以當祂回到天父上帝的右邊時便為我們代求，賜下聖靈保惠師。所以在 120 位門徒被聖靈大大充滿的五旬節那日，神便做了何等奇妙的工作。

在「等候」的安息裡，是需要運用信心的，我們需要走進信心裡去等候祂，讓全人全心都降服在神施恩座前，並且真實地經歷：「在信的人，凡事都能」。神會在信任祂的人的生命中彰顯能力。

我要鼓勵你，不要急，退到後邊去，讓神持續來工作吧！

為著自己能有「忍耐」來禱告，在安靜中求神賜下信心的膏油，膏在你的生命中，單單歸給祂，並且在安息裡學習歇了自己的工作，要知道神做的絕對比我們做的好！

為自己禱告

求主帶領我走進極大的信心裡，
更深經歷祢的愛，
當我安靜休息在祢面前，
祢就開我的眼目，讓我單單歸給祢，
不論在家庭關係或工作裡，甚至是在我與祢的關係裡。
當我著急時，聖靈祢就提醒我們，讓我單單歸給祢，
求祢帶領我，儘管身處不容易，
心裡仍然有安息、仍然有平安，
可以體貼父的心腸。
主讚美祢！幫助我單單歸給祢，
我的生命氣息、盼望都在於祢，
就在安息時，我可以真實看見：
祢就是那獨行奇事的神。
讚美主！奉主耶穌基督的名禱告，阿們！

★ 回顧【Start up】時間的記錄，並且記錄下自己的感恩和感動。

家庭的安息

> 「他必使父親的心轉向兒女，兒女的心轉向父親。」瑪拉基書四：6

在安息時刻，我們可以看到在關係裡神的作為；我們的應對回答可以進到柔和裡。在這一周即將結束時，願「安息」的祝福能進到我們的家庭裡。

每當心中有平安，無論是多麼艱難的局面，你都可以溫柔應對。求神把溫柔的言語賜在家庭關係裡，此刻正是家庭要一一起來回應主愛的時刻，求主幫助每個家庭：主先釋放祂的溫柔，讓我們自己可以先願意安靜，於是就能開始走進主的溫柔裡，有溫柔的言語來使怒消退。

求主帶領，讓我們的話語帶著柔和，能說出安慰、造就、勸勉人的話，讓我們與家人的關係進到更深的愛裡；讓我們安靜在主裡，看到主在每個人的家中獨行奇事。讚美主！

當我們安靜下來，聆聽神的啟示、觀看祂奇妙的作為。

為自己禱告

為祢量給我在這地上的家人來感謝！
家就是我們的避風港，
謝謝主為我預備這個避風港，讓我能走進祢的心意裡。

求主釋放救恩臨到我家人的生命當中，

在家裡，主就是我們的中保，

無論在夫妻、親子，甚至婆媳的關係，

求主在其中都要做新事！

求主挖深我們對主的渴慕，

讓愛的膏油持續膏抹在我的每位家人的生命中，

讚美主！

★ 回顧【Start up】時間的記錄，並且記錄下自己的感恩和感動。

DAY 7　呼籲不歇息

「耶路撒冷啊，我在你城上設立守望的，他們
晝夜必不靜默。呼籲耶和華的，你們不要歇息」
以賽亞書六十二：6

在以賽亞書第六十二章裡，神藉著以賽亞先知提到：在城上要設立「守望」的工作，要直到上帝完成重建為止。這意謂著神要呼召興起更多代禱者，起來為神的國度守望。

讓我們不再定睛在這地上的國，乃是將自己單單歸給神。以賽亞書第六十二章第 10 至 11 節說：「你們當從門經過經過，預備百姓的路；修築修築大道，撿去石頭，為萬民豎立大旗，看哪，耶和華曾宣告到地極，對錫安的居民說：你的拯救者來到。他的賞賜在他那裡；他的報應在他面前。」

神對以賽亞先知宣告，被擄的百姓要從巴比倫城裡歸回。很重要的是：祂必要在這一路上，將歸回所遇到的一切攔阻都除盡。神在這裡告訴我們，凡攔阻未信神的百姓進到神面前的任何障礙，祂都要完完全全地挪開。

家人們，無論你想不想或是喜不喜歡，你我都是眾人的牧人，這是為了神的國、為了神百姓的緣故。神將我們救贖回來，祂的心意是讓我們全然奪回世上一切眼瞎、耳聾的，而非繼續活在錯謬的宗教裡，所以祂要我們在萬國裡豎立大旗，活出耶穌的樣子。

在接下來的日子裡，求主讓我們心裡常常有一位福音對

象的名字，常常為她／他來禱告，並且主動開口邀約他到教會來遇見神。奉耶穌基督的名宣告：這是個加速的開始，救恩的門將持續打開，主超自然的介入，要開始在列國中興起。

為自己禱告

求神幫助我能成為一個乳養者、成為傳福音的人，

讓我開始為 ＿＿＿＿＿＿＿（福音對象名字）禱告時，

求神幫助我在接下來的日子裡，

能夠更有勇氣來傳揚福音，

也祝福我在傳福音時，

將愈來愈看見對方開始柔軟的接受福音。

禱告讓我能夠有傳講的能力，

傳講這救恩美麗的能力！

奉耶穌基督的名禱告，阿們！

★ 一周過後，再回顧之前【Start up】時間的記錄，若你發現自己有新的想法和改變，邀請你留下一段時間和神對話，並且在本書最後屬於你和神的空白頁中，留下你想和神所說的話。

知足

我知道怎樣處卑賤，也知道怎樣處豐富；
或飽足，或飢餓；或有餘，或缺乏，
隨事隨在，我都得了祕訣。
我靠著那加給我力量的，凡事都能做。

腓立比書四：10-13

邀請你，花個時間向神禱告，在你的家庭、職場、朋友，這三個不同的環境中，撰寫三篇感謝文給這三個不同的人，並對他們大聲說出你的感謝、記錄你的心情。

家庭

親愛的 _____ ，

_____

_____

_____

當我跟家中的 _____ 說出感謝時，我心裡有點

☐ 緊張　☐ 不緊張

因為，_____

_____

但說完後，我感覺 _____

_____

_____

我為著我自己的 _____，感到滿意。因為

我突破了 _____

_____

✎ 職場

_____，

_____

_____

_____

當我跟職場的 _____ 說出感謝時，

我想像中他會，_____

_____

當他聽完的反應是，_____

_____

_____

我為著我自己的 _____，感到滿意。因為

我居然 _____

_____。

✎ 朋友

＿＿＿＿＿＿＿＿＿，

＿＿＿＿＿＿＿＿＿＿＿＿＿＿＿＿＿＿＿＿＿

＿＿＿＿＿＿＿＿＿＿＿＿＿＿＿＿＿＿＿＿＿

＿＿＿＿＿＿＿＿＿＿＿＿＿＿＿＿＿＿＿＿＿

＿＿＿＿＿＿＿＿＿＿＿＿＿＿＿＿＿＿＿＿＿

當我跟 ＿＿＿＿＿＿＿＿＿ 說出感謝後，他和我說

＿＿＿＿＿＿＿＿＿＿＿＿＿＿＿＿＿＿＿＿＿＿＿

之後我的心情，＿＿＿＿＿＿＿＿＿＿＿＿＿＿＿＿＿

＿＿＿＿＿＿＿＿＿＿＿＿＿＿＿＿＿＿＿＿＿＿＿

＿＿＿＿＿＿＿＿＿＿＿＿＿＿＿＿＿＿＿＿＿＿＿

我為著我自己的 ＿＿＿＿＿＿＿＿＿＿＿＿，感到滿意。

＿＿＿＿＿＿＿＿＿＿＿＿＿＿＿＿＿＿＿＿＿＿＿

＿＿＿＿＿＿＿＿＿＿＿＿＿＿＿＿＿＿＿＿＿＿＿

＿＿＿＿＿＿＿＿＿＿＿＿＿＿＿＿＿＿＿＿＿＿＿

生命的價值

> 「人就是賺得全世界，賠上自己的生命，有什
> 麼益處呢？」馬可福音八：36

你曾想過什麼是「生命的價值」嗎？

要思想這個問題，我們必須先從聖經〈馬可福音〉第八章第 36 節來看，這裡提到的「全世界」，就是在今生裡我們的成就及所獲得的。

你或者可以仔細觀看現今的世界，真正快樂的人已經不多了。很多人是致力於追求「享樂」，一旦踏入享樂，便很容易在世界裡打轉，終其一生都無法找到生命的價值。所以這裡提到：當我們「賺得全世界」，這意謂在這個世界裡，可能會有成就或是擁有享樂，但是可能更多時候卻無法有真正的滿足與快樂。

那麼生命之中，要如何才能夠獲得「知足」的快樂呢？

人們之所以感到滿足，乃是因為為著所擁有的感受到幸福。而生命裡的「知足」，必須要藉著我們的口，才能開始走進感謝裡；為所擁有的一切來感謝神，你更可以在其中找到生命的價值。反過來，每當你開始走進負面思想與控告時，「知足」就會離你愈來愈遠。

神存留我們的生命，必定有祂美好的旨意。

邀請你常常為著所擁有的一切來感謝神：為著所擁有的

生命，所擁有的朋友、孩子、工作……等等來感謝。當我們不再看見仇敵的詭計，單單注視神的榮耀、單單因著知足而不斷感謝，我們就會開始找到生命的價值。

為自己禱告

- **為著你所擁有的家庭開口來感謝。**

  為著神為妳或你擁有的父母親、兄弟姊妹、祂所預備的配偶，祂所賜下產業——也就是孩子們，來感謝神。常常為著你所擁有的來感恩，以致於能夠不再在關係裡打轉，反倒是藉著感謝走進滿足裡。

  我主我的神，感謝祢賜給我在這地上的家人！
  將我的家人 ＿＿＿＿＿＿（家人的名字）都單單交給主，
  求祢讓我看見祢創造她／他的美好，
  幫助她／他能夠更多認識祢，
  也讓我更有信心地相信，祢所做的比我做的更好，
  所以我只要單單藉著開口來祝福：
  這一切堅固營壘都要倒塌，
  我和我家必定事奉耶和華，
  願主在家中持續引導引路，成為我家的元帥，
  興起我成為家庭翻轉的開始。讚美主！

- 為著神所賜給你屬靈的家，就是神為你預備的教會來感謝。

教會是神為你預備的第二個家，就是逃城。讓我們藉著感謝與讚美進入神的門、神的院，可以因此參與神的計畫，並在計畫中感受到恩典與滿足。倒是藉著感謝走進滿足裡。

我主我的神，讓我高舉雙手為我的教會感謝，

謝謝祢賜給我乳養我的領袖_____（牧長/小組長/輔導），

求主祝福我的教會可以領受祢的心意、從祢而來的能力，

我們或者有著不同的性格，

但是求主教導我們彼此同心、彼此接納，

就如同基督接納我們那樣，

讓教會可以生發出合一的力量，

願榮耀單單歸於祢。奉主的名禱告，阿們！

★ **每周一開始的【Start up】時間，是要邀請你：在接下來的每一天裡，時常回顧看看你曾經有過的想法，並且記下你心中的改變。**

成長的滿足

「我靠主大大的喜樂，因為你們思念我的心如今又發生；你們向來就思念我，只是沒得機會。我並不是因缺乏說這話；我無論在什麼景況都可以知足，這是我已經學會了。」

腓立比書四：10-11

昨天我們提到了馬可福音第八章第 36 節，並從中探討了「知足」的定義。還記得昨天我們為著現況而開口感謝的一切嗎？此刻的你是否仍然為此感恩呢？保羅在腓立比書第四章裡讓我們明白，所謂「知足」就是不作過分的要求，並且學習感謝神量在我們周遭的每個人、事、物。

經文中提到了腓立比教會思念著保羅在他們當中所做的，甚至為此獻上感謝，以致於保羅因此而得著喜樂。當你所服事的人回過頭來感謝你時，你便會經歷到當中的滿足，當然，這並不是說施恩就要擁有回報，而是要我們看見：教會在表達感謝這件事當中的成長。

家人們，和你分享我的生命經驗：我之所以可以經歷到滿足，是因為我找到了「生命的價值」，就是可以幫助人們在生命裡持續地成長。就如同保羅因著看見曾經服事過的腓立比教會所經歷的成長，因此他心中就感到深深的滿足與喜樂。

求神幫助我們，不受任何人事物的攪擾，能夠找到神在

我們生命當中的價值，就是回應祂的大使命，去使萬民作主的門徒，以致我們能找到「知足」的根源。

　　家人們，我要鼓勵你跨出去！保羅因為回應馬其頓的呼聲，第一站就來到了腓立比，藉著呂底亞開始在此就有了腓立比教會。要領受「知足」的祝福，惟有藉著走出去！在走出去時，一定會面臨到更大的患難，但在患難中要起來感謝。當你感謝時，很特別的事就要發生，那就是你心中的巨人都要倒下，神要挪走你裡面一切的懼怕。

為自己禱告

在這三個月跨越的旅程裡，求神幫助我，讓我的生命是可以走出去成為祝福流通的管道。求主讓我能找到生命的價值，也就是在人的生命當中來加值。

求主釋放信心的膏油，讓剛強的心志臨到我的生命當中，當我跨出去時，奉主名挪走一切的懼怕，並讓我祝福所面對的一切患難，在患難與信仰危機中懂得持續信靠主，因為主所要做成的工作，沒有人能阻擋；主所應許的，刀劍都不能傷害。

當我跨出去的時候，求主讓我們更深地知道：祂與我們同在。

主啊！讚美祢、感謝祢！讓我能夠為著 ＿＿＿＿＿＿＿＿（我已經或是計劃要陪伴、服事者的姓名）在生命中的成長來向祢獻上感恩，也藉此看見祢在我們身上的心意。

奉耶穌基督的名宣告，若是 ＿＿＿＿＿＿ 在任何難處中此時是沒有辦法突破的，奉耶穌基督的名祝福她／他能經歷祢親自的帶領，使她／他得以成長，生命因此被加值。

把我的一生交在祢手中，願我能找到生命中最美好的價值，回應祢的呼召：讓萬民都成為祢的門徒！在我跨出去時，求祢賜下愛與勇氣，幫助我們更懂得感恩，更明白祢在這世代的心意。

奉主耶穌基督的名禱告，阿們！

★ 今天禱告之後，不要忘了再回顧一下之前的【Start up】時間，並且帶著禱告和神的祝福一起入睡。

心裡的城牆

> 「我知道怎樣處卑賤，也知道怎樣處豐富；或飽足，或飢餓；或有餘，或缺乏，隨事隨在，我都得了祕訣。我靠著那加給我力量的，凡事都能做。」腓立比書四：12-13

家人們，在你心中是否有一件最難的事情？是一件讓你覺得簡直是不可能會成就、會發生的事？

現在就按手在你心上，持續用屬靈的眼光，注視著這件最難的事。我要祈求神，開啟你在這件事上的視野，帶領你走進神的計畫與未來。學習在你的靈裡宣告：奉主名祝福這個畫面與場景要持續地翻轉與改變！禱告聖靈的大風持續吹起，奉耶穌基督的名祝福這件最難的事，要走進神的計畫、走進神為你預備的未來裡。

也許你現在看見的，是這個難題裡此刻正存在著許多的不足，包括：環境的不足、人的不足、關係上的不足等等。我要邀請你奉耶穌基督的名持續來祝福這個難題。我要求主賜下信心的膏油，膏在屬神的兒女——你的生命裡。每當看到不足時，就起來揚聲持續祝福，宣告神的國降臨、願祂的旨意行在地上，如同行在天上。

願主持續將信心賜給我們，讓我們更深地經歷祂！奉耶穌基督的名祝福我們在靈裡所看到的不足，每當祝福的聲音

發出，就是主介入與掌管的時候！奉耶穌基督的名宣告：生命中的一切巨人要完全倒下！拔除我們與神之間的隔絕，讓我們更深地經歷到神的愛。讚美主！

邀請你在這一周裡去感謝一個人，當你跨出去感謝，就會看見神奇妙的作為。願我們不論在關係、工作或情感裡，都能走進「知足」。

為自己禱告

謝謝主在我們當中獨行奇事，奉主名宣告：這是祢要帶領我走進超自然與神蹟奇事的開始，當我起來持續祝福，願主在我的生命裡動奇妙的善工。奉耶穌基督的名，祝福我能像保羅一樣，無論處在卑賤、或飽足，或飢餓、或有餘、或缺乏，都能「隨事隨在」、「得了祕訣」。秘訣就是「靠著那加給我力量的，凡事都能做」！

我將自己最掛心的人事物，交在主施恩的手上，當生命要進到更深的敬拜旅程，我棄械投降，再次將難當的、憂心的全然交還給神。當我來到施恩座前，我不再自己扛，真心渴望我的心能單單歸給祢，在關係、財務，甚至接下來的道路裡，將所有的擔心、憂心全然交給祢。

求祢提升我的眼目，讓我能摸著父的心意，當我將一切交出去時，聖靈持續介入，願主在我們的生命中得著榮耀，讚美祢！

★ 回顧【Start up】時間的記錄，並且記錄下自己的感恩和感動。

耶穌我異象

> 「然而,敬虔加上知足的心便是大利了。」
> 提摩太前書六:6

這幾天,我們都在思想著「知足」。今天,讓我們用相反字來幫助大家思考:「知足」的相反,就是「貪」。

我們之所以會「貪」,是因為內裡感受不到滿足、感受不到愛;在這樣的時刻,就會開始想去抓,企圖透過「抓」來填滿內心的空洞,然而這卻像個無底洞。

在十誡的最後一誡裡講到:「不可貪戀人的房屋;也不可貪戀人的妻子、僕婢、牛驢,並他一切所有的。」(出埃及記二十:17)什麼時候你的心思意念會走進「貪」裡?當我們企盼去追求外在滿足,就會貪財、貪名、貪色、貪睡。因著內裡無法知足,就會想要走進擁有外在的渴望。

很多人認為認識耶穌之後,一切就會全然好轉;然而事實是必須要有另一件事情,才能讓這句話真切地發生。家人們!這一生,都必須要讓耶穌成為你的異象。在經歷與神同行的更新旅程,你被神的愛大大地滿足,就會開始經歷到詩篇第二十三篇第 1 節裡所說的:「耶和華是我的牧者,我必不致缺乏。」當耶穌成為靈裡一切的滿足時,你就不需透過外在的「抓」去滿足。

求主幫助我們學習如何回到主裡面,以致於當我們的心

有空缺時，不會再企圖藉由外在來尋找愛，乃是單單來到主施恩座前，常常進入「知足」並知道要有「敬虔」的態度。

為自己禱告

主啊！求祢賜下更深的愛火燒著在我裡面，
在接下來的日子，求主聖靈帶領我辨識內裡的狀況，
辨識出我裡面的「貪」，不論在任何環節，
甚至是在服事中。
當我可能進到貪念時，
求主將「節制」賜給我，
讓我們在事奉或任何景況中，都有節制。
求主賜下知足的心以及敬畏耶和華的靈，
讓我能夠心歡喜、靈快樂，肉身也安然居住，
讓我們走進主的「大利」裡。
謝謝主！

★ 回顧【Start up】時間的記錄，並且記錄下自己的感恩和感動。

_____

_____

_____

_____

_____

DAY
5

關係的知足

「然而，敬虔加上知足的心便是大利了。」
提摩太前書六：6

主的話語告訴我們：「敬虔」加上「知足」，就走進了「大利」。讓我們來禱告：求主持續開啟「敬畏」這兩個字，臨到我們的生命裡，讓我們世世代代都敬畏主。

求聖靈在接下來的日子裡，幫助我們走進「節制」。當我們進到貪念裡時，求聖靈幫助我們擁有節制、提醒和攔阻我們走進罪性。

將我們的心再次交還給聖靈，很多時候我們的信不足，常處在貪婪或軟弱無助的感覺裡，讓我們向主說：請主登上內心的寶座，當界線不明或超越界線時，求主帶領我們更深地明白及貼近祂的心意，並且被祂摸著。

在關係裡，若是我們想要在關係中走向知足，就需要走向「敬虔」。所謂的「敬虔」就是需要斷開所有「不敬虔」的連結。特別是在家庭中，你需要有一個健康的界線：很多時候，父母與孩子之間存在著「乳養」關係，但是卻常常會忘記了「尊重」的界線。

懇求聖靈提醒我們，要有一個健康的界線並且擁有敬虔的態度。

求主赦免我的罪。
很多時候無論在家人或朋友之間的關係裡，
好像都沒有辦法持守著健康的界線。
當我企圖要表達或是提醒時，
立意經常是好的，卻超越了界線。

求主幫助我能夠在關係裡知足，
就如同腓立比教會的信徒們一樣，
開始讓保羅感受到喜樂與知足，
求主把健康的界線設立在我的生命中，
真的讓我們走進「大利」，
幫助我在關係裡有一個全然的轉換；
奉耶穌基督的名，斷開一切在關係裡不敬虔的連結，
將我分別為聖，讓我持續有尊重的態度，
不因關係好而跨越了不該越的界線。

奉耶穌基督的名禱告，阿們！

★ 回顧【Start up】時間的記錄，並且記錄下自己的感恩和感動。

DAY 6　樂意的奉獻

> 「少種的少收，多種的多收，這話是真的。各人要隨本心所酌定的，不要作難，不要勉強，因為捐得樂意的人是神所喜愛的。神能將各樣的恩惠多多的加給你們，使你們凡事常常充足，能多行各樣善事。」哥林多後書九：6-8

保羅在這裡鼓勵每位神的兒女，要開始樂意慷慨的捐獻。他以撒種和收割作為比喻，「少種的少收，多種的多收」這是當時的一句諺語，而「行善」、「給予」，是指當我們領受到神白白的恩典時，祂會渴望我們開始與人分享。因此當我們開始給予時，我們裡面會因滿足了神的渴望而有喜樂。

家人們，「捐得樂意的人是神所喜愛的」，神渴望我們成為「捐得樂意的人」。一個知足的人可以慷慨地給予，如果此刻的你，裡面存在著「貧窮」，鼓勵你要藉著「給予」去破除這一切貧窮的權勢。

聖經講到：當我們的財寶在哪裡，我們的心也在那裡（參考路加福音十二：34），這意謂著，當我們把財寶放在哪裡，就是在那裡委身的開始。所以當我們成為知足的人之後，重要的是，要開始「給出去」── 因為當神把恩典白白給我們的時候，同時也是把責任交給了我們。

在這裡要提醒的是：神的心意是要我們「行各樣的善事」，這並非是為了積功德，而是神本來就賦予了這個責任

——從神白白領受的，神就要我們白白地給予。這個責任不會帶來任何的擔憂，在慷慨給予時，即便是寡婦的兩個小錢，神都記念、悅納。有一件事是最幸福的，就是：你從此將成為天國裡愛的轉運站。

為自己禱告

奉耶穌基督的名，攻破一切仇敵的詭計，
讓我在行善時不致落入功德論的思考，
不會因為給出去多少，就期望得到多少的回報，
我可以給予，完完全全是因為從主白白得來的恩典，
於是我渴望能白白地給出去。

願主在我們的生命中持續做更深的工作，
凡事常常充足，
奉耶穌基督的名祝福：
當我開始去行的時候，
主讓我常常充足，幫助我無所缺、無所憂，
每當人們看見我時，都能看見我裡面的耶穌，
讓我成為最滿足的人。

奉耶穌基督的名禱告，阿們！

★ 回顧【Start up】時間的記錄，並且記錄下自己的感恩和感動。

滿足主的心

「一個人若有一百隻羊，一隻走迷了路，你們
的意思如何？他豈不撇下這九十九隻，往山裡
去找那隻迷路的羊嗎？若是找著了，我實在告
訴你們：他為這一隻羊歡喜，比為那沒有迷路
的九十九隻歡喜還大呢。」

馬太福音十八：12-13

我們的阿爸父也是和馬太福音第十八章裡提到的這位牧
羊人一樣，若我們的心不回到父家，父的心就不會獲得滿足。
但願讓每顆「心」都全然回家、回到我們心裡的家，也就是
回到父的心裡。

我們重新來到主施恩座前，渴望能滿足阿爸父的心，若
是有一隻羊不回家，主的心中就沒有辦法得到滿足。讓我們
的心全然歸主，不但是我們的心歸回，主也盼望祂所尋找的
每隻失喪的羊，都能回家。眾人同心來到主施恩座前，祂的
心才能獲得滿足，求主將父的心意持續揭開，帶領我們每一
個人更深地經歷到祂。

願所有攔阻我們來到主施恩座前禱告的一切仇敵詭計，
都被完全攻破。求主將我們分別為聖，每天能夠固定且持續
地來到神施恩座前，求主持續調整、提升我們的眼光，每一
次開口都可以感受到主的同在，每一天持續禱告，主就釋放
極大的心意在神寶貝兒女的生命中，求主帶領我們更深地經

歷祂。

　　奉耶穌基督的名，釋放極大的自由臨到我們的生命中。

求神幫助我，常常來到主施恩座前操練敬虔，
可以更深地明白與體貼主的心腸，成為祝福的管道。
奉耶穌基督的名宣告：
我能成為天國的大使、成為轉運神愛的管道。

阿爸父我向祢呼求：讓我們能更多體貼祢的心，
讓我知道祢在想什麼、看見祢所看重的。
謝謝祢，讚美祢！

安靜 30 秒，問問神要如何祝福你，當你領受了，就持續祝福
自己。

　　奉耶穌基督的名，祝福我的靈人領受主的愛與平安。
　　奉耶穌基督的名祝福 ＿＿＿＿＿＿＿＿＿＿（你的名字）
　　的靈人領受從神而來的智慧，也領受從耶穌所給我的
　　＿＿＿＿＿＿＿＿＿＿＿＿＿＿＿（祝福的內容）。主，
　　求祢持續帶領，讓我單單歸給祢，帶領我走進水深之處，
　　常常領受祢的啟示。奉耶穌基督的名，主賜下啟示智慧
　　的靈來充滿我！

★ 一周過後，再回顧之前【Start up】時間的記錄，若你發現自己有新的想
　法和改變，邀請你留下一段時間和神對話，並且在本書最後屬於你和神的
　空白頁中，留下你想和神所說的話。

加速收割

耶和華說：日子將到，
耕種的必接續收割的；
踹葡萄的必接續撒種的；
大山要滴下甜酒；小山都必流奶。

阿摩司書九：13

我的福音名單

1. 請在下方填寫五位你想傳福音的對象姓名。

2. 花個時間想想，過去你用什麼方式向他傳福音，為什麼？

3. 求神打破框架，寫下神賜給你的新策略、新方法。

4. 為他禱告，領受神要加速祝福他的哪個方面？

姓名	舊有的方法、為什麼？	神給我的新方法	加速地祝福他
範例：王大明	以前只邀他到教會的福音佈道會。這是最容易的方式，而且他總是很忙。	神要我開始約他一同看一本書，與他分享書的內容。	神要加倍祝福王大明在財務上得自由，使他得著豐盛。

姓名	舊有的方法、為什麼？	神給我的新方法	加速地祝福他

勇敢傳福音

> 「耶和華說：日子將到，耕種的必接續收割的；
> 踹葡萄的必接續撒種的；大山要滴下甜酒；小
> 山都必流奶。」阿摩司書九：13

從這周起，將是一個「加速」的開始，凡有缺乏的，神都會持續供應，祂除了應許我們吃喝充足，更應許在生命和靈魂上也要豐收。

經文裡提到了「耕種的必接續收割的；踹葡萄的必接續撒種的」，這意謂著收穫會「接續」不斷。還記得前兩周邀請大家為一位朋友能夠有機會認識耶穌來禱告嗎？接下來的日子裡，你要持續為她或他禱告，相信神要讓「耕種的必接續收割的」！撒種的必接續收成的，這樣的恩典必臨到我們當中。

求主把勇敢賜下，讓你順服在恩膏的教訓裡，可以安靜明白主的心意，知道可以跨出去向誰分享福音。求主讓我們看見：祂將如何藉著我們的生命成為祝福流通的管道。

馬太福音第九章第 37 至 38 節講到：「於是對門徒說：要收的莊稼多，作工的人少。所以，你們當求莊稼的主打發工人出去收他的莊稼。」這是耶穌對門徒與我們的要求，祂要我們「去！」這是收割的開始。求主把向親友傳福音的能力、勇敢、機會與環境全然打開！讓我們可以邀請家人到教

會裡，讓他們被神的愛摸著。

奉主名宣告：「我和我家必定事奉耶和華」（參考約書亞記二十四：15b），摧毀「家人很難傳福音」的謊言。求主把對靈魂的迫切燒在我們裡面，特別是家中若還有尚未認識主的家人；求主把屬神的眼光賜下，好讓我們知道該如何向親友傳揚這大好的信息，願神的救恩如同明燈發亮，要閃爍照耀在你所禱告的這個人生命中，求神為她或他獨行奇事。

為自己禱告

主！讓我再次回到祢施恩座前，祢不但要帶領我，
更應許要將這個「接續」的恩典臨到我的生命裡，
主，祢說耕種的必接續收割的，
我們撒種、耕種之後要奉耶穌基督的名宣告：
這就是收割的日子！願祢釋放傳福音的大能，
將我所禱告的這位親友 _____ 全然歸給主，
奉耶穌基督的名釋放極大的信心膏油膏在我的生命裡，
求主在接下來的日子裡做奇妙的工作。
獨行奇事的主耶穌，當我將 _____ 交託在施恩座前，
願祢來做快手筆的工作。讚美主！

★ 每周一開始的【Start up】時間，是要邀請你：在接下來的每一天裡，時常回顧看看你曾經有過的想法，並且記下你心中的改變。

逼迫與永生

> 「耶穌說：『我實在告訴你們，人為我和福音，撇下房屋，或是弟兄、姐妹、父母、兒女、田地。沒有不在今世得百倍的，就是房屋、弟兄、姐妹、母親、兒女、田地，並且要受逼迫；在來世必得永生。』」馬可福音十：29-30

家人們，你相信我們的神從昨日、今日直到永遠，永不改變嗎？祂對我們的愛永不改變！

昨天邀請你繼續為一位內心始終記念的人禱告，並且邀請她或他到教會來。當我們跨出去時，這就如同經文裡提到的「今世得百倍」，但是這並不是指物質上的狀態，而是神要讓我們在關係裡開始進到豐盛。

經文後段還提到了「受逼迫」。不是應該「今世得百倍」，怎麼又會有「逼迫」呢？傳福音其實是會受到逼迫的，常常我們會說到「逼迫」，感覺好像惡事會來臨，既會受災，那還有誰敢去傳呢？

家人們！我要告訴你：這正是神得榮耀的日子，也正是神要把你推進祂愛裡的日子！「逼迫」並不是要讓你害怕，而是神要帶領你進到更大的恩典裡，這些犧牲與逼迫不是「損失」，乃是「得到」。

從屬靈角度來看，「逼迫」是我們在跨出去成為祝福時，仇敵的不甘示弱，因此觸發了許多屬靈爭戰。然而此時，神

其實要我們起來爭戰，這也正是鍛鍊我們禱告呼求祂的開始。

當你開始面臨爭戰，你需要回到神這個愛的源頭裡：要記得主耶穌為我們釘在十字架上，也要帶領我們持續廣傳這救恩的美麗。也許你心中對於向這位親友傳福音依然感到困難重重，但是邀請你，開始奉耶穌基督的名宣告：求神的旨意與能力臨到她或他的生命裡。但願神的七靈充滿你，讓你再次連於元首基督。

為自己禱告

求主膏抹我的口，
當環境臨到時，我可以跨出去，並且看見主奇妙的作為，
求主祝福我在家庭中能有好名聲、好行為，
讓我活出主的樣式。
幫助我不只是會說，乃是要有愛的行動力，
讓我可以更深地經歷到主祢自己的愛！
願主幫助我，即便身處在艱難與逼迫裡，
祢都親自來到我的患難中持續地帶領我，
不但能夠跨過約旦河，更宣告：
祢要讓我腳掌所踏之地，都要得地為業！
這是得地為業的日子，祢更要帶領我踏上豐盛！
主，讚美祢！

★ 今天禱告之後，不要忘了再回顧一下之前的【Start up】時間，並且帶著禱告和神的祝福一起入睡。

加速的恩典

> 「所以我告訴你們，凡你們禱告祈求的，無論是什麼，只要信是得著的，就必得著。」
>
> 馬可福音十一：24

　　邀請你此刻按手在自己的心上來禱告！在這個「加速收割」的日子裡，先開口為你自己的需要禱告，持續宣告「加速」臨到你的生命裡。可能你需要的是在工作上的加速，或是在財務上的加速，也或者是在關係裡的加速，都要持續宣告「加速」臨到。

　　此刻，神真的在做加速的工作，祂要我們成為一個給予者、成為一個跨出去給予祝福的人。這是「收割」的日子，但「收割」不單是靈魂裡的收割，而是連我們自己都要踏進蒙福、喜樂的「加速」裡。

　　奉主耶穌基督的名祝福：不論在靈魂收割，或是在工作、財務、關係上，都是「加速」的開始。求主持續把恩典、恩福臨到每位神寶愛兒女的生命當中。當你持續宣告「加速」，奉耶穌基督的名宣告：「只要信是得著的，就必得著」，求主聖靈持續把信心的膏油澆灌到每位神所寶愛的兒女生命裡！讚美主！

　　在未來的日子裡，不管你心裡的難處為何，奉耶穌基督的名祝福你：勇敢迎向神蹟來到的日子，這是神恩待我們的

憑據。當環境愈艱難時，我們就愈要相信神的良善。

求主帶領我走進「加速收割」的日子，
奉耶穌基督的名宣告：這是神蹟發生的日子！
求主持續釋放醫治的大能，臨到我的生命裡，
奉耶穌基督的名，向著我的靈人發命令：
領受耶穌的愛、領受耶穌的醫治、領受耶穌的平安，
奉耶穌基督的名，命令一切疾病的權勢離開，
釋放醫治的熱流、釋放施恩座前的大能，
現在就澆灌下來！
而我要說：領受、領受，我要領受！

歡迎分享，讓見證複製見證！

邀請你分享在禱告中所經歷的生命改變，相信你的見證也會鼓勵更多神的兒女。
「見證」在原文裡就是「再做一次」的意思，神將再做一次，讓神兒女領受祂的祝福。

★ 回顧【Start up】時間的記錄，並且記錄下自己的感恩和感動。

祝福的管道

> 「主的靈在我身上，因為他用膏膏我，叫我傳福音給貧窮的人；差遣我報告：被擄的得釋放，瞎眼的得看見，叫那受壓制的得自由，報告神悅納人的禧年。」路加福音四：18-19

如果你仔細觀看這段經文，你會發現，這是主耶穌在會堂裡的第一個禱告。經文中所提到的「被擄的得釋放，瞎眼的得看見，叫那受壓制的得自由」，這些神蹟都要發生！

神正在預備我們有渴望靈魂收割的心志，在哥林多前書第九章第16節裡曾說：「我傳福音原沒有可誇的，因為我是不得已的。若不傳福音，我便有禍了。」這節經文的原文直譯提到：我們得救的人若不去傳，就是殺人的兇手，就是叫許多靈魂活活下地獄。所以保羅才在這裡講到「若不傳福音，我便有禍了。」

保羅在這裡的話語是要提醒，而不是要帶出咒詛。而是當我們得救且被神吸引時，這並非只是要我們和祂建立關係，更是要預備我們去傳給人，祂希望我們完成大使命，也就是讓萬國萬民都成為主基督的門徒。

神讓我們領受這份愛，並且要有對靈魂的負擔與心志。跨出去時，願主釋放醫治的大能膏抹在每位神寶愛兒女裡面！當你跨出去手為病人禱告時，病人就得著醫治；在看見

人心有需要而為她或他禱告時，就能夠說出安慰、造就、勸勉人的話，說出知識與智慧的言語。求主使用我們每一個人，成為祝福流通的管道。

奉耶穌基督的名禱告：
求主幫助孩子在跨出去時，
能帶領所認識的人、或是每天所遇見的人，都與主有更美好的連結。
求主讓我每次跨出去，心裡都感到好滿足，
求主祝福我在跨出去之後，
能夠隨走隨傳，見證主的道，讓神蹟奇事降臨。
奉耶穌基督的名，
願主釋放極深的愛與憐憫臨在孩子的生命裡，
靠著我自己的愛，真的無法去愛一些沒有辦法愛的人。
求主擴張我愛的度量，開啟我對靈魂的負擔與愛的眼光，
不再只求自己領受，
更在跨出去時，可以看見祢獨行奇事，
我們讚美祢！

★ 回顧【Start up】時間的記錄，並且記錄下自己的感恩和感動。

DAY 5　生命的突破

> 「至於我，我藉耶和華的靈，滿有能力、公平和勇氣。」彌迦書三：8a（和合本修訂版）

你正在面對以下這些情況嗎？

心中常有些期望，但隨著日復一日、年復一年的過去，這個期待卻依舊落空；或者生命中曾經歷過「失去」：失去親人、失去心中最愛，或曾經十分在意的人事物；或者在你的生命中好像一直找不到神，你渴望能見著神的面，卻總在原地打轉，甚至信仰出現了危機。

我想鼓勵你，不要讓自己進到「失望」裡，「失望」會引來巫術的挾制，將你的心全然交還給神。神要鼓勵你、醫治你，祂不要再讓你待在遺憾與擔心裡。

家人們！神的心意是要在我們當中做新事。讓我們以彌迦書第三章第 8 節來禱告，呼求神將能力的靈充滿在你的生命裡！舉凡那失望、失去、迷失，甚或感覺生活停滯、耽延，想要放棄的，都要奉耶穌基督的名宣告：全部都要走進神的加速裡！

接下來的日子，神的兒女們會經歷極大的突破，讓我們一起把內心的艱難都交還給神，並且領受祂的祝福！

求主帶領你進入突破，幫助你看見神所預備的，祂要在施恩座前釋放能力的靈充滿你，在你生命當中加速！現在就

揚起聲音來斥責一切的控告！求神憐憫我們的小信，願對神的信任持續在生命中發生，讓我們更深經歷到神的愛，見著祂的面。

奉主名宣告：這是加速收割的日子！
求主持續開啟祢奇妙作為在我的生命中，
讓我經歷得勝、經歷主奇妙的作為！
讓末後的榮耀要大過先前的榮耀！

求主再次緊抱我，讓我感受祢滿滿的愛。
挪走我所有的失望、感傷與擔憂，
懇求天父豐富地澆灌父親的愛，挪走擔心、自責與控告，
求主澆灌更深的愛，現在就與我同在。

主啊！持續從施恩寶座上釋放與澆灌能力，
甚至無處可容，
這能力要勝過一切陰間與疾病的權勢與循環，
奉主名宣告：
祢的能力要勝過一切憂慮、勝過一切肩頸難當的，
願復興禱告的靈火燒著每個人，願「耶和華的靈」現在就充滿在我的生命中，讓我走進「能力」、「公平」和「勇氣」裡，勝過一切陰間的權勢，藉著主的靈叫我們心裡的力量剛強起來，謝謝主！讚美祢！

★ 回顧【Start up】時間的記錄，並且記錄下自己的感恩和感動。

DAY 6 嶄新的思維

> 「也沒有人把新酒裝在舊皮袋裏;恐怕酒把皮袋裂開,酒和皮袋就都壞了;惟把新酒裝在新皮袋裏。」馬可福音二:22

我覺得神在做一件新事,當我們進到「加速收割」裡,神就把今天這段你我都不陌生的經文賜下。這裡提到的「新酒」預表著聖靈的大能:當神的能力降臨,就需要有「新皮袋」,這表示當我們跨出去,也會需要有一個新思維。

傳福音需要有新的思維,我們不是陷在宗教的框架和舊有的樣式裡。當你跨出去,你不但會找到人生的價值,生命更會開始經歷雙贏,這意謂當你開始服事人,收獲最大的,其實是你自己。但是這必須從你先擁有新的思維開始。

若是你過去一直在為親友禱告,但是至今還沒有經歷突破,求神讓你有新的思維與眼光。「新皮袋」意謂著你要脫去舊有的模式,讓聖靈新鮮的膏油,現在就充滿在你我的生命中!

神要堅固我們,祂要賜下全新的能力,這個能力讓我們可以堅定與站立,好在接下來的日子為真理而戰,甚至勝過一切在生命中的攻擊。

如果你曾經感受到莫名的攻擊,甚至感覺無力迎戰。神要賜下祂的靈與你同在,祂要醫治你,讓你勝過一切黑暗的

權勢，讓你走進剛強裡。

為自己禱告

奉主耶穌基督的名禱告：

斷開一切舊有的框架、樣式與思維，

求主在我的生命中做新的工作，

讓新思維在我的生命中開啟。

當我回應主，成為傳愛的使者、成為福音的大使，

新酒、新油就充滿在我的生命中，

那緊握著舊有一切的，奉主名要完全鬆手，

求主釋放極大的能力與心意在我的生命中。

我禱告，自己並非只是重視所擁有的能力，

乃是重視自己和祢的關係。

當我領受了這樣的能力，是我與祢的關係更加靠近，

讓我能夠奉耶穌基督的名，站在神的高度上，

向著所看見的環境來祝福與發命令，

宣告神的國降臨！

奉耶穌基督的名禱告，阿們！

★ 回顧【Start up】時間的記錄，並且記錄下自己的感恩和感動。

定睛仰望神

> 「如經上所記：『神為愛他的人所預備的，是眼睛未曾看見，耳朵未曾聽見，人心也未曾想到的。』」哥林多前書二：9

在這段經文裡告訴我們：「神為愛他的人所預備的」，這意謂著神要幫助我們。保羅在這裡強調，我們與神之間關係的源頭是「愛」，而不是智慧或者其它。

我們也知道，是神先愛了我們。而當環境愈艱難，你愈要了解，你需要常常放掉自己的智慧與傳統、放掉內在的推理，把握在未來的每分每秒裡，都比此刻更愛耶穌。

神告訴我們、祂為愛祂的人所預備的「是眼睛未曾看見，耳朵未曾聽見，人心也未曾想到的」，當我們愈愛祂，這些「未曾」都要加速進行。環境愈艱難，愈要相信神的良善；進到愈不容易的環境，就愈要相信祂的神蹟奇事必定會跟隨著我們。

我們要禱告的是：儘管身處失敗，但愛神的心都不能有任何減少；儘管環境再難，我們與神的關係更要緊緊相扣。要謹記：上帝為「愛他的人」（就是你和我）必有預備，讓我們對祂的愛持續加增，藉此迎向「加速收割」的季節。

也求神在我們走進「眼睛未曾看見，耳朵未曾聽見，人心也未曾想到的」的環境時，讓我們的心不致混亂、不致驚

嚇，不會因為未曾遇過而進入擔憂。

　　在未來，人與人之間的信任會變質得十分快速，一瞬間就會因為一句話而覺得被冒犯或輕易地翻臉。人心若沒有接上愛的源頭，在順境時會容易感謝神，但是一遇到逆境，就會難以向神獻上感恩。求神把鴿子眼賜給我們，讓我們的眼目在風浪中能迅速轉回施恩座前。

為自己禱告

　　主啊！求祢預備我的心，
　　挖深我對祢的渴慕，並且與祢的心是緊緊相扣的。
　　讓我們愛祢的心持續加增，與祢的關係也走進加速，
　　以致於我們能與祢有默契、
　　有同樣的心思與眼光。
　　讓我擁有鴿子眼，
　　能夠得見祢在生活中為我所擺設的筵席，
　　幫助我更深地見著祢的面。
　　奉主耶穌基督的名禱告，阿們！

★ 一周過後，再回顧之前【Start up】時間的記錄，若你發現自己有新的想法和改變，邀請你留下一段時間和神對話，並且在本書最後屬於你和神的空白頁中，留下你想和神所說的話。

異象

「沒有異象（或作：默示），民就放肆，
惟遵守律法的，便為有福。」

箴言二十九：18

當耶穌成為你的異象時，天天就像挖到寶，不僅因自己滿足神而喜樂，同時也會被耶穌來滿足。下圖為夢想尋寶圖，邀請您讓耶穌帶著你一同完成這張夢想圖，並沿途紀錄你所遇到的人、事、物。

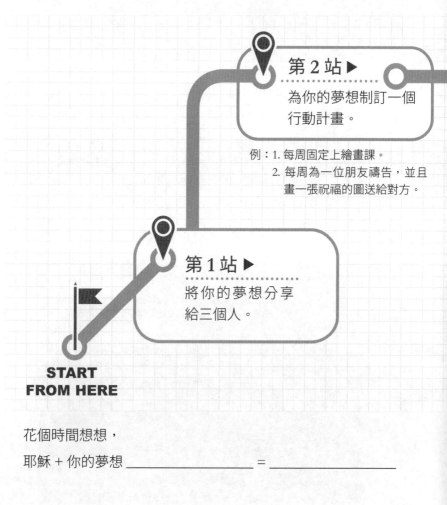

第 2 站 ▶
為你的夢想制訂一個行動計畫。

例：1. 每周固定上繪畫課。
　　2. 每周為一位朋友禱告，並且畫一張祝福的圖送給對方。

第 1 站 ▶
將你的夢想分享給三個人。

START
FROM HERE

花個時間想想，

耶穌 + 你的夢想 _____ = _____

第 4 站 ▶

在你每個完成的階段與夢
想拍張照。

第 3 站 ▶

用你喜歡的形式去紀錄你
在執行夢想行動計畫時,
自己與神的經歷。

DAY 1 耶穌我異象

> 「沒有異象（或作：默示），民就放肆，惟遵守律法的，便為有福。」箴言二十九：18

這裡提到的「異象」，在原文中有「啟示」或是「我們需要看見的未來」的意思。重點則是在於：我們是否能明白在每個環節裡，特別是在現況之中，神的心意為何。

在舊約的日子裡，上帝差派先知針對時事為神的心意發聲，神的百姓常常會開始進入約束裡。這段經文指的就是上帝對以色列人的直接管束；而在新約的日子裡，上帝應許我們，凡遵守律法的，便會走進蒙福的開始，所以我們需要常常記得的是：管束我們的是誰？使我們蒙福的是誰？正是我們的神！

家人們！或許你會想：「上帝！接下來祢對我的計畫是什麼？」但是「異象」不同於「計畫」，有異象才能明白計畫！因為「異象」會引領我們往前，且讓我們不致失焦。而你我這一生唯一的異象與目標，就是主耶穌，當得著主耶穌，我們的心就會歡喜、靈也會快樂，肉身也要安然居住。而在我們摸著神的心意時，就更能明白祂在每個環境中所要顯明的計畫。

家人們，就如同詩篇第二十七篇第4節所說：「有一件事，我曾求耶和華，我仍要尋求；就是一生一世住在耶和華

的殿中，瞻仰他的榮美，在他的殿裡求問。」求主幫助我們如同大衛一樣，渴望在有生之年裡不只與主同在，更能與祂同住、同行，永遠不離開！

在一周的開始，邀請你用這節經文為自己禱告，如同大衛一樣，「就是一生一世住在耶和華的殿中，瞻仰他的榮美，在他的殿裡求問。」

為自己禱告

求主神持續帶領我，願祢把「異象」持續顯明，

我渴望知道自己生命中的命定，

以及祢在我生命中的計畫是什麼？

當我在追求世上的盼望時，

必須先讓祢成為我榮耀的盼望。

當我領受祢救恩的美麗時，讓我先知道應當如何跟隨祢。

持續開啟我的生命，讓我能踏上祢的計畫，

並且與祢走進更親密的旅程裡。

在我感覺到軟弱或信心不足時，

求主賜下信心的膏油塗抹我，

讓我持續展開對祢更深的信任，

更深地走進祢的計畫與命定。

謝謝祢、讚美祢！

★ 每周一開始的【Start up】時間，是要邀請你：在接下來的每一天裡，時常回顧看看你曾經有過的想法，並且記下你心中的改變。

依靠獨一神

「耶穌回答說：你們要謹慎，免得有人迷惑你們。」馬太福音二十四：4

接下來的日子裡，我們將會看見在馬太福音二十四章裡陳述的內容開始顯明，或是有人開始對聖經發出獨特的見解，卻進到虛謊的謬論與謊言中，但是人心卻會因為感覺容易而輕易跟隨。

比如說，有人會在提到「恩典」時，把它解說成：因為神已給了恩典，所以我們不再需要認罪與悔改。在世上也有一些菁英份子，企圖要籌劃一些行動，讓世界開始進入經濟、宗教一統，以便操控人心。

這一章談到了「迷惑」，包括異教的興起，或是有很多人以新奇的說法來解讀聖經。也有很多人開始談論、注重節期，卻輕忽甚至不提主耶穌。「迷惑」，還包括在全球的教會中出現基督徒的巫術。什麼叫做「基督徒的巫術」？就是因著「失望」的緣故，開始從我們口中出現論斷與批評。

求神憐憫、幫助我們，無論在任何的風浪裡，都可以分辨：唯有耶穌基督是獨一的真神，這是不變的真理。當我們轉向耶穌基督時，心就被恩感、歌頌神，當我們轉向耶穌基督時，就不被外表看似華麗的錯誤教導所吸引。求神幫助我們！

在未來，異端邪教將會愈來愈多，我們必須加深自己對神話語的渴慕，更重要的是，讓耶穌成為我們的異象，讓神的話成為腳前燈、路上光，開始為我們引導、引路，好叫我們這一生都不被謊言與虛謊的教導所引領。求神挖深你我對神話語的胃口，讓神的話成為我們的根基。

為自己禱告

我主我的神！求祢讓我更深地經歷祢的愛，

當我面對一些不在祢真理之中的新啟示時，

求主把分辨的能力賜給我。

求主挖深我對祢話語的渴慕，

幫助我每天在讀充滿祢愛與關心的聖經時，

開啟我的心，並且更深地明白祢對我的愛，

讓我這一生都可以走在祢的心意裡！

我主我的神，我要讚美祢！求祢持續幫助我，

在接下來面對許多迷惑時，讓我不致陷入其中。

主啊願祢來！持續開啟我，讓我不只渴慕祢的話語，

更有剛強的心志去面對接下來的逼迫，

在這個迷惑的大染缸裡，仍然為真理而戰！

求祢將啟示與智慧的靈充滿我們，

讓我們可以更深地認識祢。謝謝祢、讚美祢！

★ 今天禱告之後，不要忘了再回顧一下之前的【Start up】時間，並且帶著禱告和神的祝福一起入睡。

信心與盼望

「神願意叫他們知道，這奧祕在外邦人中有何
等豐盛的榮耀，就是基督在你們心裏成了有榮
耀的盼望。」歌羅西書一：27

家人們，這正是我們需要和神對齊的時候。我們談到「異象」是從神而得的啟示，但是不要忘記「啟示是從神而來」，我們要看見的不只是雅各的天梯降下救援，更要看見那在天梯之上的神。

這一周，神把「異象」兩個字賜給我們成為操練的主題，所有異象的最終目的就是主耶穌，當主耶穌成為我們的異象時，我們需要讓自己的心全然與祂對齊。

這節經文在原文的說法是：「上帝願意叫他們知道，這奧祕的榮耀在列國中是何等豐富，就是基督在你們裡面，成了榮耀的盼望。」家人們！這正意謂著基督在列國的外邦人心中，要成為榮耀的盼望。

保羅在這裡提到，原本那不為人知的奧祕，在主耶穌來到世界時就已經被顯明了。很多時候我們感覺這世代沒有盼望，或是你身邊有朋友覺得前途和一切都完蛋了，但是當主耶穌成為我們的異象時，我要告訴你：基督永遠會是你的盼望，永遠都是我們的盼望，阿們！

我要提醒你，當基督在我們裡面成為異象，這個異象可

以發展到多大、可以走多遠，是攸關主耶穌到底在我們裡面內化了多少、生發出多少的影響力。祂至終要成為我們榮耀的盼望！但是要記得，在靈界裡是藉著信心而運行的，你會有信心是因為你有盼望，而那盼望是在耶穌基督裡。

為自己禱告

主耶穌，離了祢，我什麼都不能做，

不管外在的風浪與震盪如何，唯一不會震盪的就是祢！

求祢在我的生命中持續賜下奇妙的愛，

一日比一日，一年比一年更大。

在未來的日子裡，讓我常常與祢對齊、與祢心相連，幫助我在風浪中不致失焦，在震盪中，不是注視著震盪。

震盪正如同雅各的天梯，

讓我們看見神的使者上去又下來，

但是更要仰望的是：天梯之上的神，就是祢。

神啊！我的心早已歸給祢，

真心渴望能常與祢同住與同行，

這一生都不離開祢的面，讓我單單注視、仰望祢。

神啊！當我藉著禱告尋求祢面、與祢交通時，

讓我可以常常更深地明白祢的心意，

求主擴張我愛的度量，持續成為愛的出口！

★ 回顧【Start up】時間的記錄，並且記錄下自己的感恩和感動。

DAY 4 挚深的愛情

「我屬我的良人，他也戀慕我。」雅歌七：10

家人們，其實每天的生活都非常快速，甚至常常會發生許多突如其來的事。當你天天面對著忙碌的生活時，心裡要如何才能保持滿足的喜樂呢？

惟有求神幫助我們真的回到祂裡面，先被祂的愛滿足。讓我們一起努力追求祂，把敬拜與感恩單單歸給祂。何等渴望主耶穌就是我們的異象，讓我們在世上生活的每一天，單單回到祂裡面，願耶穌的愛持續生發在我們的生命裡。

求主聖靈再來帶領我們，更深地明白、經歷祂的愛，更明白祂的心意，也讓我們渴望能更多像主。如同雅歌第七章第 10 節裡所陳述的愛情：求主幫助我們更深地歸給祂，呼求祂開啟我們心裡的眼睛，叫我們真是知道所領受的恩召有何等的指望。求主帶領我們，每一次揚聲開口，生命的灰塵就盡都脫落。

家人們，在最難的環境裡，我們真要相信神的良善。當你裡面想逃的時候，這正是神要奔向你的開始！再次為自己來禱告，求神幫助我們在任何環境裡，都能認識到神的良善，將這一生單單歸給祂。

天父，謝謝祢！祢就是良善的阿爸父！
將祢那如父的愛開啟在我們當中，使我們不在外面流浪，
即便看見環境艱難而想逃，
祢都要用慈愛的雙手再一次把我圈進祢懷中，
幫助我更深地經歷祢奇妙的作為。

求主耶穌釋放祢極深的愛情，
當我在面臨艱難環境時，帶領我突破，以祢的愛來引導，
讓我能有更深的愛的度量，以致可以繼續去愛。

求主幫助我們，當我們全然連於祢時，
再來開啟我屬靈的眼睛，
讓啟示與智慧的靈現在就充滿我！

★ 回顧【Start up】時間的記錄，並且記錄下自己的感恩和感動。

離開舒適圈

「耶和華對亞伯蘭說，你要離開本地、本族、
父家，往我所要指示你的地去。我必叫你成為
大國；我必賜福給你，叫你的名為大，你也要
叫別人得福。」創世記十二：1-2

本周我們談到了「異象」。在聖經裡，保羅說他需要尋求從天上而來的異象，這個「異象」是誰？就是主耶穌！當我們開始與神對齊時，要先來讀創世記裡的這段經文。

這段經文裡最觸動我的是：當時的亞伯蘭還沒有改名為亞伯拉罕，在他 75 歲時，神要他離開吾珥，就是他的家鄉，而且是個非常繁榮的地方。更重要的是，當神要他離開，並且「往我所要指示你的地去」時，神並沒有告訴他要去哪裡，但是當他開始跨出去，神就將下一步顯明出來。

你是被神呼召的，神正在你裡面做奇妙的工作，你心中有一位記掛著的對象或是感動要去執行的事奉，但是你的裡面卻無法迎向前去。

我要鼓勵你：離開是不容易的，離開舒適圈更是不容易，當我們離開、當我們在尋求異象時，很多時候我們內心有期盼，但是卻會感到害怕。但是神的心意是要讓我們「跨越」。

如果你正在面對這樣的心境，我要鼓勵你，這是神要帶領我們離開舒適圈的季節，更重要的是：你要先願意改變，

迎向過去一直在逃避心裡始終認為自己無力去行的事物。躲在原來的環境是容易，但是神對你有更美好的心意。

　　禱告神幫助我們，當神的話臨到我們，就能有亞伯蘭的信心，求神用信心膏抹我們，可以真的離開舒適圈，迎向神的呼召。

/ 為自己禱告 /

　　主耶穌！感謝祢、讚美祢！求祢釋放極深的愛臨到我，
　　願那亞伯拉罕這位信心之父的信心，膏抹在我的生命裡，
　　亞伯蘭當年如何回應祢，我也要這樣回應祢。
　　當我離開舒適圈，求主幫助我勇敢挪去裡面的害怕，
　　求祢持續帶領我，讓祢的愛持續成為我的引導。
　　如同祢在創世記第十二章第 2 節所說的，
　　祢要讓亞伯蘭成為大國，祢要賜福給他，
　　要叫他的名為大，也要叫別人得福！
　　我主我的神，因著亞伯蘭的啟示，求祢讓我真的知道：
　　當我在尋求異象的過程、當我跨出去，
　　我就能見著祢的面，因為祢是我隨時的幫助！
　　我主我的神， 持續引領我，因我渴望遇見祢、
　　渴望能走進祢的心意、走進祢的計畫裡。
　　謝謝主，讚美祢！

★ 回顧【Start up】時間的記錄，並且記錄下自己的感恩和感動。

耶穌的異象

> 「人子來，為要尋找拯救失喪的人。」
> 路加福音十九：10

　　昨天我們提到了「離開」，就如同亞伯拉罕他跨出了自己的舒適圈，離開了家鄉吾珥。我想和你分享，當我們決定「離開」、決定跨出舒適圈時，不是一直來尋求我們到底要做什麼，而是要來明白神的心意。耶穌基督來到地上服事的三年半裡，神的心意到底是什麼？如果耶穌基督祂成了我們的異象，那麼，祂的異象就是我們的異象。所以，祂的異象是什麼呢？

　　今天的這節經文就是主耶穌給門徒、給神兒女的使命，祂並不是徒然來到這世上。父的心意是要將世上所有孩子們的心奪回，所以主耶穌的使命以及來到這世上的目的，就是為了要尋找拯救失喪的人！當你我開始決定跨出舒適圈，我們的使命就是要去尋找那失喪的人，使他們回到父的家裡。

　　家人們，你或許會問：「我該如何做才能達成使命？」當我們藉著禱告尋求神的面時，祂就會將祂所擔心、記掛的特殊族群放進你心裡，成為你的負擔。

　　「離開」是信心的開始，而信心是邁向成功的原動力。我必須要說：唯有當你離開、跨出去，才有辦法成為異象的完成者，才能擁有開展異象的熱情。禱告求神幫助我們，把

對傳福音的負擔、把對靈魂的負擔放在我們裡面。

我主我的神，求主將更深的愛，以及對傳福音、靈魂的負擔全然釋放在我的生命中。奉耶穌基督的名，將信心的能力與膏油全然傾倒在我的生命中。主耶穌來世上如何拯救失喪的人，我也要如此效法。當我領受了祢的愛，我也要回應祢的愛：傳講祢奇妙的作為。

當我跨出去，祢的榮耀與神蹟奇事就充滿在我的生命中！

主！我要讚美祢，將自己全然交還給祢，相信祢持續要做奇妙的工作！

求主成為我的異象，祢心裡所想的，就是我心裡所想的。

求主帶領我，在今年不但要撒種，更要看見收割，

並且成為隨走隨傳的人。

求主幫助我結出好果子，帶下祢的榮耀！

求主現在就賜下能力，讓我能夠拒絕一切的軟弱與害怕，

奉耶穌基督的名，攻破一切仇敵的堅固營壘！

我主我的神，帶領我跨越所有眼目所見，當我禱告尋求主面時要說：「我們是屬天國的！我們是屬祢的！」衷心渴望祢的國降臨、祢的旨意成就在這地上，求主持續開啟我，讓我加入祢的計畫。

謝謝祢！讚美祢！

★ 回顧【Start up】時間的記錄，並且記錄下自己的感恩和感動。

注目看耶穌

> 「彼得說：『主，如果是你，請叫我從水面上
> 走到你那裏去。』耶穌說：『你來罷。』彼得
> 就從船上下去，在水面上走，要到耶穌那裏去；
> 只因見風甚大，就害怕；將要沉下去，便喊著說：
> 『主阿，救我。』耶穌趕緊伸手拉住他，說：『你
> 這小信的人哪，為甚麼疑惑呢？』」
>
> 馬太福音十四：28-31

　　今天，神要透過彼得履海的故事來提醒我們：當我們要
成為祝福者開始傳福音時，也會面臨到問題，甚至可能會遇
到「信仰危機」，可能會因此動搖，甚至覺得對神無法信賴
與依靠。而這正是因為我們從舒適圈裡跨出去，必然會在環
境中面臨到風浪。

　　神要我們這時候專注於祂，正如彼得想要效法耶穌行走
在水面上，但是他之所以可以在水面上行走，是因為他專注
於神、眼目單單定睛在神身上。神藉此不斷提醒我們，要「專
注於祂」。

　　當彼得的眼目專注於風浪，他就沉下去了，然而耶穌能
救他，所以祂伸手拉住了他。因此，就算環境再艱難，耶穌
都會伸手抓住你！這段經文最讓我感動的就是：我們在感覺
艱難而呼求時，神就出手拯救！人的盡頭就是神的開始。

　　所以，就算是再強的風浪，耶穌都會伸手抓住你，更重

要的是，我們不要疑惑。「疑惑」在原文裡就是「一分為二」，「猜疑」就是不信與小信，願那不信的惡心從我們生命中被趕逐出去！

求神釋放極大的「信心」給我們，鼓勵你向神認罪，悔改心中的不信，向祂陳明為什麼自己無法相信祂，向神述說原因，求主將安慰與慈愛的話語臨到你。在接下來的日子，當我們每次回轉到施恩座前專注於主時，奉主名宣告：這是神蹟奇事發生的開始！

為自己禱告

主神！讓孩子向祢禱告：求祢釋放信心給我！
我渴望和祢有這樣的信任。
求主把鴿子眼賜給我，讓我專注於祢！
當我失去專注於祢的眼目，定睛在風浪、感覺快要下沉，
祢應許祢要伸手抓住我！
求主把我的眼目調轉到祢施恩座前，
以釘痕雙手再次把我拉拔起來！
懇求主聖靈光照我的心，此刻就來向祢對齊，
讓我們把全人全心交還給祢。
主啊！願我在生命中的任何景況都能不見風浪、
只見耶穌。
謝謝主，讚美祢！

★ 一周過後，再回顧之前【Start up】時間的記錄，若你發現自己有新的想法和改變，邀請你留下一段時間和神對話，並且在本書最後屬於你和神的空白頁中，留下你想和神所說的話。

信實

你當倚靠耶和華而行善，
住在地上，以他的信實為糧；
又要以耶和華為樂，
他就將你心裡所求的賜給你。
當將你的事交託耶和華，
並倚靠他，他就必成全。

詩篇三十七：3-5

天父就是球隊裡最厲害的神隊友，有祂在，你會知道每場比賽祂總是關鍵性地神準進籃。若我們將生命的控球權交給祂，就會總是與祂一同得分。

1. 神助攻：填上神已信實為你成就的事（一項加 3 分）

+3　_____

_____

2. 得分點：自己答應自己（或答應別人）已達成的事（一項加 2 分）

+2　_____

_____

3. 特別分：和人分享神已為你成就的事（一項加 2 分）

+2　_____

_____

4. 失分點：填上自己答應神卻未做到的事。
自己答應他人卻未做到的事（一項扣 1 分）

-1　_____

_____

5. 最後，總和各項，算算神為你進了幾分？

_____

_____

信實的夥伴

「神是信實的，你們原是被他所召，好與他兒子——我們的主耶穌基督一同得分。」

哥林多前書一：9

保羅在今天的經文裡告訴我們，我們是「與主耶穌基督一同得分」。所謂「一同得分」在原文裡講到的是一種「合夥」的關係，這個字可以延伸成「親密」，就是一種真實的信任。

在這一周裡，神要我們「一同得分」，這意謂著無論你面臨任何風浪，神所答應的應許絕不落空。祂不會平白無故讓摩西帶領以色列百姓出埃及，也不會讓他們餓死在曠野，祂是信實的神，所以降下嗎哪和鵪鶉來供應以色列百姓。

家人們，「信實」的意思是讓我們知道：神的話語絕不徒然返回，不論環境多麼不安穩，你仍要抓住應許來禱告。當你如此行，便是與神「一同得分」，祂是你的合夥人，在這樣「合夥」的親密關係裡，神會不搭救你、會不拉著你嗎？

願那真實的信任，在你的生命當中完全成就！神要幫助我們，讓我們信是得著、就必得著，祂是信實的！祂是信實的！神要幫助我們，讓我們把失去的信心與應許再抓回來！

若是你曾經因為在事奉、工作的波動裡灰心了，鼓勵你抓住神的應許，回到起初的感動，上帝要帶著你往前走。求

主持續幫助每位神的兒女，把心全然歸給主，無論在任何艱難中，都能看見祂就是那位信實的神！

為自己禱告

奉耶穌基督的名，

求主將信心現在全然膏抹下來，

祢是信實的神，讓我單單相信祢所說的必要成就！

祢不會撇棄我為孤兒、祢是我的親密夥伴，

祢會一直抓住我們的手往前走。

我主我的神！

祢要再次將這樣的確據與印證放回我的生命，

帶領我往前跑！

我相信主，祢是說話算話的，

我要緊緊抓住祢給我的應許，向祢呼求，

帶領著我進到祢為我所預備的計畫裡！

★ 每周一開始的【Start up】時間，是要邀請你：在接下來的每一天裡，時常回顧看看你曾經有過的想法，並且記下你心中的改變。

開一條出路

「你們所遇見的試探,無非是人所能受的。神是信實的,必不叫你們受試探過於所能受的;在受試探的時候,總要給你們開一條出路,叫你們能忍受得住。」哥林多前書十:13

保羅在這裡提醒我們一件事:當一個人站立得穩時,要特別小心,免得跌倒。經文中提到「你們所遇見的試探,無非是人所能受的。」為什麼呢?因為「神是信實的」。

當我們在生命裡遇見風浪,甚至是難處、試煉或試探時,更要相信「神是信實的」!祂是在曠野開道路、沙漠開江河的神,祂常常是用雲柱與火柱引領我們的神,

我常說「試煉」與「試探」總在一線之間,當我們轉向神,就是神訓練我們的開始,也就是「試煉」;當我們常常注視不好的事物,就容易進入「試探」的網羅裡。你要明白一件事情:現在你生命中所發生的任何事情,都是你所能承受的,要記得「神是信實的」。

這段經文在後面還提到「在受試探的時候,總要給你們開一條出路,叫你們能忍受得住。」很多時刻我們會覺得環境、試探太難、太大,大到一個程度,會很想問神:為什麼要讓我面對這些?

家人們,你仍要再次相信「神是信實的」,這個「信實」

是什麼？就是過去神如何藉著摩西把以色列人帶出埃及，祂也必為你開一條道路！我要告訴你，你在遇見困難或信心軟弱，甚至覺得自己好像快要死去的時候，這就是神的手介入的時候！當你無法再靠自己抓住什麼，復活的大能就要臨到你的生命！求神幫助我們，在愈艱難的環境中，愈相信神的良善與祂的信實。

／ 為自己禱告 ／

主神！孩子向祢呼求：

當祢在本周將「信實」開啟在我眼前時，

求主幫助我：知道祢所給我的，是我所能受的，

在承受的過程，祢總要為我開一條道路。

奉耶穌基督的名宣告：祢為我所開的門，沒有人可以關！

為我所開的路，沒有人可以攔阻！

我主我的神！祢在我的生命中掌王權、居首位，

顯出榮耀！

讓我真實相信：祢總是會降下嗎哪和鵪鶉來餵飽我，

讓我可以真實地往前走，幫助我不再回頭看，

只因為相信儘管身處試探，祢仍要帶領我加入祢的計畫。

幫助我常常可以讓老我死去，看見祢為我所開的那條路。

我主我的神，謝謝祢、讚美祢！

★ 今天禱告之後，不要忘了再回顧一下之前的【Start up】時間，並且帶著禱告和神的祝福一起入睡。

祂必開道路

> 「你們所遇見的試探,無非是人所能受的。神
> 是信實的,必不叫你們受試探過於所能受的;
> 在受試探的時候,總要給你們開一條出路,叫
> 你們能忍受得住。」哥林多前書十:13

我們需要真實地回到神面前,求神挖深你對祂的渴慕,願神帶領我們每一個人。「渴慕」並非只是嘴巴說說而已,乃是我們真實知道自己需要神的恩典,才能夠在充滿試探與網羅的世代中經歷得勝。

如同這節經文的應許,在受試探時,我們要清楚知道:神必定會為我開一條路!

不知道你現在的景況如何?若是正在面對試探,是否還能夠撐得住?

我要告訴你的是:神要為你開一條路,這一條路是神要親自引領,其中所遇的每個風浪,都是神渴望拉近你與祂的親密關係。求神的話語親自安慰你。

/ 為自己禱告 /

主!謝謝祢在十字架上為我所流的寶血,

求祢讓我們沒有任何顧忌,將自己獻上在祢施恩座前,

帶領我真知道如何讓老我死去，讓復活的氣息吹進生命。
幫助我更深地經歷祢，讓我不是只在聚會時才渴慕祢，
乃是每分每秒都更愛祢、更深地摸著祢的心意。
不論面對任何風浪，都知道祢與我同在。
謝謝祢、讚美祢！

★ 回顧【Start up】時間的記錄，並且記錄下自己的感恩和感動。

祂仍是可信

> 「我們若與基督同死，也必與他同活；我們若
> 能忍耐，也必和他一同作王；我們若不認他，
> 他也必不認我們；我們縱然失信，他仍是可信
> 的，因為他不能背乎自己。」
> 提摩太後書二：11-13

這段經文在原文直譯裡是這麼說的：「若我們一同死，我們也將一同生；若我們堅忍，我們也將與他一同作王；若我們不認他，他也將不認我們；若我們不信，他仍是可信的，因為他不能不認自己。」

從原文來看，每段都是以「若」字起始，保羅用這首短詩來勉勵提摩太，告訴他上帝的應許不只臨到保羅，也會臨到每位愛神的人。

神一直在帶領我們，祂知道我們會軟弱，所以當神的愛子被接回天父上帝右邊時，祂仍然為我們代求，更差派聖靈保惠師來幫助我們，好讓我們更深明白神的心意。我感覺這段經文，是要鼓勵那曾在信心裡跌倒、或是過去曾跟神說過「我願意」卻中途離開沒有迎向呼召的、或是在忠誠度裡開始軟弱的家人……，神要用這段經文來安慰我們，祂提到：縱使我們失信，祂仍是可信的。

聖經裡還記下了另一段故事，那曾在人前保證無論如何都會愛耶穌到底的彼得，卻在耶穌被賣的那夜裡，三次不認

主；後來在提比哩亞海邊，當耶穌向門徒們顯現時，其實彼得仍是不認識祂的，直到耶穌三次地問彼得「你愛我嗎？」。彼得三次不認主，而耶穌卻給了他三次深情的答問。

家人們！人憑著自己是無法做什麼的，我們需要神的幫助，在這成聖的旅程中，祂以雲柱、火柱引領我們前面的腳步，無論我們走到哪裡，主的應許都是：當我們跨出步伐，紅海、約旦河就必為我們而開。

為自己禱告

我主我的神！祢說我們縱然失信，但祢仍是可信的！
面對生活危機時，我們常常會埋怨祢、埋怨環境，
甚至埋怨一些讓我們沒有辦法跨越的人；
信實的神啊！求祢帶領我，讓我不再憑自己而行。
帶領我在面對風浪時，仍然相信祢與我同在，
求祢再來幫助我，讓我在外邦人裡剛強站立；
在任何逼迫裡，仍然承認祢是我的主，
在面對末後的震盪時，震出我裡面那不能震動的國，
就是耶穌基督的國！謝謝祢！

★ 回顧【Start up】時間的記錄，並且記錄下自己的感恩和感動。

_____

_____

_____

耶穌的保證

> 「神的應許，不論有多少，在基督都是是的。
> 所以藉著祂也都是實在的，叫神因我們得榮耀。
> 那在基督裡堅固我們和你們，並且膏我們的就
> 是神。他又用印印了我們，並賜聖靈在我們心
> 裡作憑據。」哥林多後書一：20-22

　　當我們在本周談到「信實」的主時，在這段經文裡，保
羅當時正面臨一些人預備開始起來反對、批評他，然而他卻
告訴哥林多教會說：「神的應許，不論有多少，在基督都是
是的。」家人們！這是意謂著當我們做自己當做的部分，神
就會完成祂的部分。

　　經文中提到「那在基督裡堅固我們和你們」，這個「堅
固」在原文裡就是「保證」，神保證祂要堅固我們三件事情：

　　第一件是要來「膏抹」我們，保羅說「膏我們的就是
神」：當耶穌基督以那十字架上的愛，從為奴之地將我們搭
救出來時，神應許要用膏膏抹你。第二件事情就是「用印」，
「他又用印印了我們」：當印章蓋下去，就代表「我同意了」。
我們這一群人是被神「用印」，就是被神同意的人，在我們
身上有榮耀的記號。而神保證的第三個憑據就是「聖靈」：
耶穌基督知道我們無法靠自己得勝，所以當祂被接到天父上
帝的右邊為我們代求時，「並賜聖靈在我們心裡作憑據」，
聖靈保惠師從此來到世間，成為我們心中的憑據。

在接下來的日子，神要用你。為著自己來向信實的主禱告，讓神用膏膏在你身上、用印印了你，並且賜下聖靈再次充滿你，好在接下來的日子裡，能擁有從神而來的能力！

為自己禱告

我主我的神！求祢釋放極大的能力，
主聖靈求祢充滿我們！
我要宣告：在接下來的日子裡，將會有新事要發生！
叫我能真實經歷祢所應許的，
我就是在基督裡的人、是祢的孩子，
祢答應要用膏膏我、用印印我，讓聖靈在我心裡做憑據。
求主聖靈愛的觸摸現在臨到我，
知道祢的應許不論有多少都是「是的」、都是「真的」！
我要抓住祢的應許、大步往前，更深地經歷祢的愛。
我主我的神，我要讚美祢！

★ 回顧【Start up】時間的記錄，並且記錄下自己的感恩和感動。

應許與成就

> 「你當倚靠耶和華而行善，住在地上，以他的信實為糧；又要以耶和華為樂，他就將你心裡所求的賜給你。當將你的事交託耶和華，並倚靠他，他就必成全。」詩篇三十七：3-5

　　家人們，讓我們來回想：過去神藉著僕人、使女，甚至藉著牧者或弟兄姊妹所為你發的祝福。曾經讓你裡面有感動的，或是為你所發的預言，也許是到現在尚未成就的……我都鼓勵你要好好為著這些先知性的禱告、預言性的禱告，來向神呼求。

　　這段經文提到「以他的信實為糧」。在這一周將結束的時候，讓我們再來思想關於「信實」的意思，就是「神說了就算」，神說話算話！你若真的相信這位神是誠實、有信用的，也就是祂所說的任何一句話都不落空、所說的必要成就，那麼，祂的應許就必要成就在你我的生命中！

　　在接下來的日子，讓我們持續以禱告來盼望祂的恩典。為著你還未成就的先知性禱告、預言來向神呼求；若是我們當中有人還沒有機會被這樣祝福，我也鼓勵你將你心裡所想、所求的，帶到神面前來開口宣告：「我已經得著了！」

主啊！在祢沒有轉動的影兒，
祢應許的沒有一個是落空的，
願我所領受到的預言，能按著我生命的度量持續地臨到。
主聖靈我歡迎祢，當我走在信仰危機或軟弱時，
求祢透過預言、先知性的禱告，把我拉回神的施恩座前，
求主聖靈現在充滿我，讓我走進信心旅途。
以祢的同在覆庇我們、充滿我們，謝謝祢！讚美祢！

★ 回顧【Start up】時間的記錄，並且記錄下自己的感恩和感動。

DAY
7
恩言與祝福

> 「你們不要論斷人，免得你們被論斷。因為你們怎樣論斷人，也必怎樣被論斷；你們用甚麼量器量給人，也必用甚麼量器量給你們。」
>
> 馬太福音七：1-2

在接下來的日子，地的震盪會愈來愈大，人心開始容易進到「失望」裡，而當「失望」沒有好好交還給神，神的兒女在神的家裡將會開始進到悖逆的旅程。

當人們的心不夠強健，很多時刻就會進到「論斷」裡。你對這個人的期待落空了，就會進入「論斷」裡，這會讓神的教會、神的家開始受虧損。而「論斷」這件事在教會裡非常普遍。

我們持續開口來禱告：求神讓一切攔阻教會愛神與愛人的黑暗權勢完全離開！求神愛的大能持續釋放、開啟在教會裡。

當我在為教會禱告時，感覺到「合一」裡的「一」是源自於神，所以祝福每位神的兒女，當你面對期待落空時，可以立刻回到神面前，不致被仇敵所攻擊。我們的心思意念是個戰場，願每位神的兒女都來向神對齊。

讓我們開口來祝福，當神的兒女無論在對神或對人的期待落空時，都把感受交還給神。我們裡面都會存在著許多對

教會的觀感與看法，無論是對教會的、對牧者的、對小組長的或任何對人的觀感，此刻都讓我們把它交給神，願每位神兒女都能成為口說恩言的人。

為自己禱告

主神！求祢釋放平安回到教會，
求祢更深的愛來摸著我們，
叫我們持續明白祢的心意。
祢的話語說：神兒子顯明時，就要除滅魔鬼一切的作為，
神的兒子是「心靈強健的人」，
我要祝福神的家，生養出心靈強健的神兒子們，
我自己也要成為心靈強健的人。
當神兒子們的位分持續顯明，我向祢禱告：
教會要恢復祢起初設立時的能力，生發出神蹟奇事。
我的神，挪走我一切的期待，單單將自己全然歸給祢，
不在人裡尋找肯定，乃是全然向祢對齊！
奉耶穌基督的名祝福我的靈人要剛強、要甦醒，
能夠拔除生命中沒有獲得滿足的，
拆毀苦毒與論斷的毒根！
我主我的神，讚美祢、謝謝祢！

★ 一周過後，再回顧之前【Start up】時間的記錄，若你發現自己有新的想法和改變，邀請你留下一段時間和神對話，並且在本書最後屬於你和神的空白頁中，留下你想和神所說的話。

同在

耶和華啊，誰能寄居你的帳幕？
誰能住在你的聖山？
就是行為正直、做事公義、心裡說實話的人。
他不以舌頭讒謗人，不惡待朋友，
也不隨夥毀謗鄰里。

詩篇十五：1-3

我的時間都去哪兒了：

工作：_____ 小時　　　閱讀：_____ 小時

睡覺：_____ 小時　　　上學：_____ 小時

逛街：_____ 小時　　　追劇：_____ 小時

偷懶：_____ 小時　　　吃飯：_____ 小時

聊天：_____ 小時　　_____：_____ 小時

⏰ 挑戰「黃金比例」的親近神時間

一天最理想的黃金比例時間規劃，是八分之五。

如果你一天休息、放鬆的時間為 4 小時，那麼鼓勵你試著在這段時間裡，提出黃金比例用來親近、聆聽神 =2.5 小時（4×5/8）

我知道這並不容易，但是鼓勵你按著自己的實際情況，去計算屬於自己的黃金比例時間。並且連續五天用不同的方法來紀錄這段親近神的時間。

DAY 1　與神來同住

> 「耶和華啊，誰能寄居你的帳幕？誰能住在你的聖山？就是行為正直、做事公義、心裡說實話的人。他不以舌頭讒謗人，不惡待朋友，也不隨夥毀謗鄰里。」詩篇十五：1-3

本周，我們要來經歷「同在」，就是神的同在。到底誰可以寄居在神的帳幕、住神的聖山與祂同在呢？詩篇第十五篇給了我們這個問題的答案。

在舊約裡，「帳幕」就是會幕，預表著「神的同在」。根據舊約記載，「帳幕」並不是每個人都可以進入的，只有祭司和利未人，也就是敬拜者才能進入。

帳幕裡又分為外院、聖所與至聖所。利未人只能在外院，可以就近進到至聖所裡事奉的只有大祭司，並且一年只能進入一次，若是他內裡沒有誠實和清潔，一不留意就會死去。大衛是猶大支派的，他何等渴望可以進到會幕裡，這是他裡面的渴想。於是他呼求說：「誰能寄居你的帳幕？誰能住在你的聖山？」

到底誰可以和神永遠在一起？在這篇經文裡談到，有幾種能夠經歷與神同在的人。首先講到「行為正直、做事公義、心裡說實話的人」，你可以看到，神期待我們不光是與祂有直接的關係，祂渴望你開始「心裡說實話」，不但對祂誠實，

也期待我們在與其他人的關係裡也誠實，除此之外，更是「他不以舌頭讒謗人，不惡待朋友，也不隨夥毀謗鄰里」，成為使人和睦的人。

　　所以，神渴望我們能愛神也能愛人。當我們與神同在、住在祂裡面，就能擁有從神而來的眼光，在關係裡便不會傷害人，就會擁有好關係。求神幫助我們，在行事為人、面對自己時，都能合神心意。

為自己禱告

主啊！我也像大衛一樣，渴望和祢同住，
求祢幫助我更明白祢的心意；吸引我，讓我快跑跟隨祢，
在行事為人、在與人的關係裡，常常調轉我的眼目，
讓我可以真實住在祢的聖山裡。
神啊！那渴慕與祢同在的人，就是倚靠祢的人，
願我就是那倚靠祢的人，凡事按著祢的真理而行，
懇求祢把敬畏耶和華的靈賞賜給我，讓我更深地經歷祢。

神啊！拔除我裡面的私慾，將自己單單歸給祢。
求主在施恩座上賜下祢的同在，以此覆庇我，
讓我常常進到祢的同在、擁有安息，
以致所說的言語、所擁有的眼光都是正確的，
讓我這堅心倚靠祢的，能有十分的平安，
像錫安山永不動搖。

★ 每周一開始的【Start up】時間，是要邀請你：在接下來的每一天裡，時常回顧看看你曾經有過的想法，並且記下你心中的改變。

安靜在神前

> 「又要謹慎，恐怕有人失了神的恩；恐怕有毒
> 根生出來擾亂你們，因此叫眾人沾染污穢。」
> 希伯來書十二：15

當我們渴望神的同在、渴望住在耶和華的聖山時，你需要特別留意自己的心思意念，就如同希伯來書第十二章裡提到的，我們要常常殷勤蒐尋自己的心，免得有毒根生出來，叫眾人沾染污穢。

很重要的一件事情是：我們需要常常安靜、安息在神裡面，這是真實倚靠神之人的行為。奉耶穌基督的名，命令一切混亂要離開我們的心思意念！讓我們常常進入神的同在，侍立在祂面前、時時注視著祂。

很多時刻，我們很容易因著突如其來的事件或從人來的冒犯，心就開始動搖，以致無法住在神的聖山裡。家人們！這是我們學習真實倚靠神的開始。

昨天，我們讀到了詩篇第十五篇第 1 節，提到到底誰可以和神永遠在一起？其一就是「行為正直、做事公義、心裡說實話的人」。那麼換個角度來思考，到底要如何才能成為這樣的人？我們心裡必須常常有主耶穌、常常住在祂裡面，以致因為有神的同在，而常有屬神的眼光。求主把這樣的恩典、恩惠賜給我們，讓我們開始走進與祂更加親密的旅程。

本周邀請你做一件事：在夜晚睡覺或早上起床前，先安靜坐在床上、閉上眼睛，與神談談愛的言語。在一天的開始與終了，都將你的心歸給神，常常浸泡在神的同在裡。

為自己禱告

　　主神！求祢把平安再放回我的生命，
　　為我戴上救恩的頭盔，保守我的心思意念，
　　讓我如同馬利亞一樣，侍立在主面前，聆聽祢的話語，
　　讓我不被任何人冒犯、動搖，心可以全然歸給主，
　　幫助我在接下來的日子裡擁有真實的倚靠。
　　當我呼求，祢就將更深的愛放在我與祢之間。
　　讓我更多渴慕祢的同在、走進祢心深處，
　　當我眼睛一閉、心安靜在祢面前時，就能感受到祢的愛，
　　舉手投足都可以觸摸到主甜蜜與親密的同在。
　　讓我經歷祢所說的：祢的愛情勝似美酒。

★ 今天禱告之後，不要忘了再回顧一下之前的【Start up】時間，並且帶著禱告和神的祝福一起入睡。

陳明我心意

> 「耶和華啊,早晨你必聽我的聲音;早晨我必向你陳明我的心意,並要警醒。」詩篇五:3

　　在本周,我們談到「同在」。在神的同在裡,可以進入到更深的喜樂裡。「喜樂」與「快樂」不同,「快樂」是一時的,我們會因為禱告後的得著而感到一時的快樂;然而,在你裡面若能擁有滿足的「喜樂」,這將會持續一生之久。我們需要常來到喜樂的神面前,單單尋求、敬拜祂,讓我們的心歡喜、靈快樂,肉身也安然居住。

　　前兩天我們提到,大衛渴望能一生一世住在耶和華的殿中,甚至渴望能進到至聖所常常與神面見;他明白唯有行為正直、做事公義,心裡說實話的人,才能如此與神相親。那麼如何才能成為這樣的人呢?如何才能常常與神面見呢?在今天的經文裡也有答案。

　　每天早晨,當我們一張眼就來到神面前,就如同當年的大衛所說「早晨我必向你陳明我的心意」。他向耶和華陳明、開始向神傾心吐意。在原文裡,「陳明」的後面並沒有「我的心意」,單純只是表明想進到與神更深的關係裡,以至於能在這樣的同在裡,讓自己保持警醒。

　　家人們!很多人追求聖靈的同在與工作,但卻不願意讀經禱告,只是想追尋一種感覺;又或者有人只強調讀經,卻

忽略了等候聖靈的同在。我稱這兩種人都是「懶惰的人」。

　　求神讓我們在禱告裡，挖深對祂話語的渴望與愛慕，晝夜終日思想祂；也懇求聖靈帶領我們進入祂啟示的浩瀚當中。讓我們愈讀神的話語，愈能夠向祂陳明。當我們常被祂話語滋潤，引領我們道路的腳前之燈、路上之光便更能顯明。

為自己禱告

我主我的神！真的要說：每早晨都是新的！
讓我的心默默無聲專等候祢，
因為我們的救恩是從祢而來，
祢是我的高臺，依靠祢我必不動搖，
幫助我更深地歸給祢。

我主我的神！求祢挖深每位神兒女對祢話語的渴望，
當我面臨信仰的危機、感受到艱難時，
讓我來到喜樂的神面前，向祢陳明一切的軟弱，
在我呼求祢時，
求祢立刻且持續將祢的同在加增至我的生命，
讓我渴慕祢，如同鹿切慕溪水，
大衛如何渴慕祢，我的心也要如此！
讓我渴慕祢，就如同所羅門王與書拉密女的愛情，
盼望我屬我的良人，我的良人也戀慕我。
願祢愛的同在持續加增，
在未來持續且真實存在我的生命裡！

★ 回顧【Start up】時間的記錄，並且記錄下自己的感恩和感動。

DAY 4 — 枯骨要復活

> 「耶和華啊，早晨你必聽我的聲音；早晨我必向你陳明我的心意，並要警醒。」詩篇五：3

神的兒女啊！每個清晨、每個夜晚，你相信當你尋求神，當祂的同在、氣息吹到我們當中時，一切枯骨都要復活嗎？

此刻的你，內心若沒有盼望，如同枯骨一般，現在就拿著神給我們的兒子位份，向著枯骨與失望來發命令！命令它在神氣息臨到時，一切都要復活！因為我主我的神是復活的神！再次揚起聲音，向著環境與風浪發命令，求神將復活的氣息全然吹進！

神的心意是要讓復活的氣息臨到你，若你有疾病的困擾，邀請你持續開口領受復活的氣息，要向神禱告：當神復活的氣息來到，所有疾病、憂愁與嘆息都要逃跑！因為這是神在我們當中的偉大計畫！

家人們！這是神同在的開始，你要愛慕神的話。邀請你在每次讀神的話語之前，常常向祂禱告：「求神將啟示與智慧的靈充滿我，好叫我真認識祢！」當你愈愛慕神的話，祂的同在便會天天加增，你便能與神進入更親密的關係，以致常常領受祂的啟示。

奉耶穌基督的名祝福你：在天天讀神的話語時，先求主將啟示與智慧的靈充滿你，藉著愛慕神的話語而更深地認識

祂、更深地體貼祂的心腸。過去神如何帶領使徒老約翰去看那遼闊之地，求主也提升你，帶你上去，在每天的靈修裡得著主的亮光。也如同大衛一樣，每天都向主傾心吐意，每早晨都要陳明你是屬於主耶穌的。接下來這幾天，願主更深的愛來觸摸你、轉換你的眼目，更深地進入主的同在。

為自己禱告

我主我的神！我要奉耶穌基督的名宣告：
當祢的氣息一到，一切的死亡、枯骨都要復活！
復活的大能臨到我的生命，讓我領受復活的氣息。
求祢再次彰顯祢奇妙的作為，讓我更深地歸給祢，
當我開口讚美都能觸摸到祢、看見祢天堂的榮耀，
死亡的枯骨都要復活起來！這是復活的開始！
特別是我和祢的關係也要活起來！
不要讓我的心進到不冷不熱之中，
我要奉耶穌基督的名宣告：我的靈人要活過來！

為身體不適，呼求神的靈降臨

奉拿撒勒人耶穌基督的名：復活的氣息要全然吹進，
所有的 DNA、RNA、器官、組織都要活過來！
當我面對疾病而無法喜樂時，願祢復活的氣息吹入，

奉耶穌基督的名宣告：

我的身體要極其健康，行走在聖靈的律裡，

疾病的權勢要遠離我，一切肩頸的軛完全鬆開！

奉耶穌基督的名禱告，阿們！

★ 回顧【Start up】時間的記錄，並且記錄下自己的感恩和感動。

DAY 5 　榮耀與同住

> 「道成了肉身，住在我們中間，充充滿滿的有
> 恩典有真理。我們也見過他的榮光，正是父獨
> 生子的榮光。」約翰福音一：14

「同在」，在聖經裡是由兩個字意組成的，其一是「榮耀」，另一個則是「同住」。在今天的經文裡就提到了這兩個字。

「榮耀」在原文的含義就是「重量」，所以當神的同在來臨，我們就會開始感受到「重量」，這個重量是真實的存在，上帝同在所顯出的榮耀，是有重量的、是真實的存在。

而「同在」的另一個含義就是「同住」、「住在」。當天父捨了獨生愛子耶穌基督，讓祂道成肉身來到這世上三十三年，在最後三年半的服事裡，阿爸父只有一個心意，就是要把我們帶回到祂的家，祂最渴望的，就是與我們同住。

創世記中提到，亞當、夏娃犯罪時，是耶和華神親自來尋找他們。這一位神是何等渴望與我們同住、和我們有關係，即便我們做了多不好的事；即便犯了罪，祂仍然願意來尋找我們。而到了啟示錄，神則是邀請我們和祂「同住」（參考啟示錄第二十一章第 3 節），這更是神榮耀彰顯的時候。而啟示錄中的「同住」，與約翰福音第一章第 14 節裡提到耶穌基督道成肉身「『住』在我們中間」時，是用了同樣的字。

主耶穌將天父的榮耀顯明出來，好叫我們的肉眼得以看見。

當神如此渴望與我們「同住」時，你能回應祂嗎？你也渴望常常與祂同住嗎？神的心是如此渴望與我們同在，我們也要渴望住在祂裡面，就如約翰福音第十五章裡所說的，那種葡萄樹與枝子的關係，然而，不結果子的，神要全然剪除。求主帶領我們進到祂的同在裡。

為自己禱告

主啊！當祢住在我的生命裡，這就是我轉換的日子！
當我每早讀祢話語、聆聽祢聲音時，
讓我住在祢的榮耀裡。

我要向祢呼求：神啊！願祢更厲害地吸引我，
我沒有辦法靠自己，只能藉著禱告來尋求祢的面！
懇求主，當我尋求，祢就讓我尋見，當我叩門，祢就開門。
祢的愛情是「眾水不能息滅，大水也不能淹沒」的，
讓我進入祢的同在裡，走進更深的旅程。
這是我最真實的渴望。

★ 回顧【Start up】時間的記錄，並且記錄下自己的感恩和感動。

溫柔的話語

「回答柔和，使怒消退。」箴言十五：1a

本周我們常提到要與祂同在、讀祂話語、明白祂啟示，你也許會問：「主啊！祢如何能住在我們中間？我們怎麼知道祢來了？」

家人們，我要告訴你：你每天所看見的親友，就是神的樣子，因為我們都是神所造的。今天要邀請你為你的家禱告，我們要有一個「開啟」，就是當我們常常住在神裡面、領受神愛的泉源時，可以成為「愛的傳遞者」。

在面對與家人的關係時，其實你知道哪些話語一講就會踩到對方的地雷，一爆炸就會一發不可收拾。當我們住在神裡面，祂就會開始把智慧與啟示的靈賜給我們，叫我們在話語裡有溫柔與幽默，足以改變話語中的爭戰。

在與家人的關係裡，禱告求神幫助我們的口，在彼此對說時，能先被神的愛吸引，說出如蜜一樣的話語；在面對艱難的處境時，讓我們有從神而來的智慧，以致可以更深地明白祂的心意，開始如同神話語所說的：「回答柔和，使怒消退」。

繼續為我們的親友來祝福，願神的同在藉著平安臨到我們生命中，而這個平安也要臨到我們的親友。請你代表你的家來歡迎神的同在、歡迎神的榮耀！讓家庭走進與神同住的

開始，讓耶穌基督成為我們家庭的中保。

在面對家庭關係裡的艱難時，「饒恕」是我們需要定意而行的，在關係的衝撞中，我們需要立刻選擇饒恕，當我們選擇立刻順服在神的心意裡，就能夠在祂的同在中經歷得勝。

我主我的神！讚美祢！謝謝祢住在我的家庭裡；
主耶穌祢是夫妻、親子關係的中保，
歡迎祢進到我的家裡。
當仇敵想在全球破壞家庭時，祢是家庭的幫助與解答！
求祢在我的家裡顯為大，把溫柔的話語賜給我！
向祢禱告：祢要帶領我的家庭關係走得更深入！

在面臨與家人相處的難題時，讓我先住在祢裡面，
先把我圈進天父的家中，
讓我被祢的愛滿足，以致可以突破。
願主把更深的愛放回我們裡面！
讓在家中先看見問題、先順服神帶領的人，
可以開始蒙福！

我主我的神，再次將 _____（家人的稱謂）交給祢，將我的家族交給祢，求主赦免 _____（家族中的罪，如：拜偶像等），願祢榮中降臨在孩子的家中。高

舉雙手宣告：

主的榮耀要充滿在每個家庭，在其中做成祢的工作。

在我與家人有無法化解的結時，求祢把饒恕的靈賜給我，

讓我選擇先原諒，在感受到不容易、面臨衝撞或艱難時，

求主聖靈帶領、提醒我，當下就選擇饒恕。

順服在祢所量給我的環境，讓我明白祢的心意。

★ 回顧【Start up】時間的記錄，並且記錄下自己的感恩和感動。

神與你同在

> 「摩西對神說：『我是什麼人，竟能去見法老，
> 將以色列人從埃及領出來呢？』神說：『我必
> 與你同在。你將百姓從埃及領出來之後，你們
> 必在這山上事奉我；這就是我打發你去的證
> 據。』」出埃及記三：11-12

　　之前我們提到了「同在」有「榮耀」與「同住」的意思，
而「榮耀」的原文，代表的就是「重量」，這象徵「充滿了
神的性情」。而「神的性情」指的是「神的屬性」。

　　當聚會裡有神榮耀同在，因著祂的名是耶和華拉法，醫
治的大能就會降下來；耶和華以勒的神，是供應一切需要的
主，凡有缺乏的祂必供應；心中有沮喪的，耶和華尼西這得
勝的旌旗，要立刻樹立在你生命當中！神的旌旗、神的平安
都臨到時，這就是榮耀！

　　在這節經文裡，神的呼召、祂的心意與任務臨到了摩西，
剛開始他是逃避的，他有很多的疑問。當呼召臨到，摩西開
始問：「我是什麼人呢？」聖經描述，摩西常說自己是拙口
笨舌的人。當神的心意、呼召臨到，如果我們眼中只是看著
自己，就容易輕信那從我們心裡釋放出來的謊言。

　　神要帶領每位神兒女脫離奴役的牢籠！重要的是，你到
底怎麼看待自己？摩西覺得自己什麼也不是，但神卻想要和
他在一起！家人們！願神對摩西所說的「我必與你同在」，

要成為你接下來的力量。

　　從屬世的角度來看，我們都沒有資格去承接這樣榮耀同在的職分，但是從天上的角度來看，當神呼召你，而你願意去做你覺得自己不夠資格去做的事、願意跨出去，你就具備了這個資格。一旦你跨出去，神的同在、祂的靈與祂的榮耀就會臨到你的生命！

為自己禱告

哈利路亞！我主我的神，謝謝祢這麼愛我，
我知道即便面臨風浪，祢也不會撇棄我為孤兒。
很多時刻我會選擇逃避，但祢卻是奔向我的神。
奉耶穌基督的名宣告：
即便在風浪中仍然知道，祢就是奔向我們的那位。
求祢讓我更深地明白自己並非在孤單中獨自前行，
即便這條路向來沒有人走過，因著祢就是引導引路的神，
祢就再次引領我往前。
因著祢的應許，讓我急切地前往錫安山，
要見祢極大的榮耀，
即便經過乾旱谷，祢都要使它成為湧泉地。

★ 一周過後，再回顧之前【Start up】時間的記錄，若你發現自己有新的想法和改變，邀請你留下一段時間和神對話，並且在本書最後屬於你和神的空白頁中，留下你想和神所說的話。

順服

耶和華對亞伯蘭說，
你要離開本地、本族、父家，
往我所要指示你的地去。
我必叫你成為大國；
我必賜福給你，叫你的名為大，
你也要叫別人得福。

創世記十二：1-2

在你要做任何決定或回應時，請選擇為神停留，

看看神的想法，聽聽神要你怎麼做，並在下方記錄一切。

今天我發生了 _____

_____

這件事情讓我很 _____ ，

我心裡很想 _____ 去處理，

但我選擇為神停留，老實地告訴神我的想法，

而神對這事情的想法是 _____

_____ 。

祂要我 _____

_____ 這樣做，

思考過後，我 □ 按著神的方式　□ 按著我自己的方式，

事情就演變成 _____

_____

事情的結局可能會有更好的方法嗎？為什麼？

_____

_____

信心與順服

> 「耶和華對亞伯蘭說,你要離開本地、本族、父家,往我所要指示你的地去。」創世記十二:1

本周讓我們來思考「順服」這個主題。也許你對它十分熟悉,然而要行出來,還真有由不得我們的時候。

這段經文,我們在之前也曾經思想過。75 歲的亞伯蘭在這時還沒有改名成亞伯拉罕,但是神的話語臨到,要他離開自己的本地、本族和父家吾珥,上帝讓他領受到一個方向,卻不知道接下來該怎麼做。但是亞伯蘭卻因著領受了神的話,便開始往前走。從亞伯蘭到亞伯拉罕,這段成為「信心之父」的旅程中,因著他常常和神同在,他就可以順服在神的話語與心意中。

若要經歷神的同在,就必須先跨出去自己心中的牢籠,跨出去的信心是在我們學習順服時所發生的。每一次的順服,都是信心長成的階段,每次順服在神的話語裡,你對神的信任就會再次升級。

求神幫助我們,當神的話臨到時可以「順」得下來、「服」得下來。而在這樣的「順服」裡,不會有從自己而來的擔憂。

願神摸著你,讓你能夠順服在祂的話語。

我主我的神，

求主帶領我踏上如同亞伯拉罕和祢的關係，

讓我們認識祢的愛，更認出祢的作為。

求神把「順服」的心志賜給我，

即便環境再難，但祢的話語一臨到，我就順服在祢面前；

即便祢的話語再難，我仍然能夠真實認出：

在這個季節裡，祢對我付出的愛。

我主我的神，在我跨出去時，讓我領受祢的同在，

求主豐富的同在帶領我。

★ **每周一開始的【Start up】時間，是要邀請你：在接下來的每一天裡，時常回顧看看你曾經有過的想法，並且記下你心中的改變。**

與神的摔跤

> 「只剩下雅各一人。有一個人來和他摔跤，直
> 到黎明。」創世記三十二：24

你曾像雅各一樣和神摔跤嗎？

當開始走進「順服」的學習，我知道有很多人的內裡，對這兩個字有很多的震盪，甚至很反感。或許你裡面對順服是十分抵抗的，或是曾在這件事上受過傷、感受到挫敗，因此對於現在的環境，你無法「服」下來，你需要有恩典。

求神幫助我們能夠深刻學習「順服」。我自己過去還沒有被神開啟時，也曾經感覺順服就如同在當兵一樣：面對權柄只是「一個口令一個動作」，在我裡面長出來的是「只順不服」。然而，這並不是百分之百的「順服」。

我們常常無法明白神的心意，特別是在「順服」上面。我們需要藉著意志先服在神施恩座前：有些人在工作裡，無法順服神量給你的權柄，但是當你學習用意志力順服時，鼓勵你可以開始去祝福你的權柄、為他禱告！

在接下來的日子裡，你將會看見因著每個順服，神會為你戴上生命的冠冕，因著這榮耀的記號，你會看見每次的順服經歷都是神在訓練你，要帶你走進與祂更親密的關係旅程。

禱告主將「順服神」的心志與恩典臨到你身上，因著這樣的恩典，你在面對「順服」時，內裡不會有煎熬與掙扎。

每一次順服下來、服在神量給我們的環境時，都有榮耀的記號，每一次願意服在神施恩座前，就可以看見祂奇妙的作為。

為自己禱告

我主我的神，求主讓「順服」的恩典臨到我，
求祢開啟啟示與智慧的靈來充滿、幫助我，
讓我知道該如何順服主所量給我的環境和權柄。

求主帶領我走進水深之處，
讓我更深地經歷祢奇妙的作為。
讓我順著裡面的感動，服在祢施恩座前。讚美祢！

求神再次在我的生命中掌權，很多時刻我沒有辦法順服，
但是靠著主加添給我的力量，凡事都能做！

★ 今天禱告之後，不要忘了再回顧一下之前的【Start up】時間，並且帶著禱告和神的祝福一起入睡。

DAY 3　試煉與試探

> 「神啊，你曾試驗我們，熬煉我們，如熬煉銀子一樣。你使我們進入網羅，把重擔放在我們的身上。你使人坐車軋我們的頭；我們經過水火，你卻使我們到豐富之地。」
>
> 詩篇六十六：10-12

　　每當我面對風浪時，神常常就會讓我想到這段經文。邀請你也牢記這段經文，好讓自己能夠更明白神的心意。

　　無論處在什麼樣的風浪中，只要一轉向神，必定可以看見祂奇妙的作為。當我們願意服下來，出於神的「試煉」將會帶你走進豐富之地。然而，「試煉」與「試探」只有一線之隔。「試探」會讓我們對環境或人持續埋怨，以致我們無法走進豐盛，因為我們已讓仇敵得逞了。

　　而「順服」也正是神在試煉你，就如同熬煉銀子那樣。可以使用的銀子，是需要透過極強的撞擊和承受極熱的高溫，來將當中的渣滓燒去。神要透過每個環境，來煉淨你生命中的一切渣滓。

　　經文講到「你使人坐車軋我們的頭」。我們與人的關係若開始出現艱難，這也是一關又一關的熬煉，當生命被熬煉得如同銀子那樣，便是出現神榮耀形象的時候，也只有神，才能讓你的生命開始成為祝福流通的管道。

　　若你無法服在此刻神所量給你的環境，神現在正在邀請

你：將眼目開始轉向祂，以致能見著神的面、經歷祂的奇妙作為。求神在這熬煉的過程中，讓你更深地明白祂的愛，每次的熬煉都是神把你推進祂的計畫與愛裡，讓你能更多地感受到天父的懷抱。

我主我的神，帶領我進入到祢話語的真實：
祢允許我們「經過水火」，
祢的心意卻是要領我們到豐富之地！
所有的風浪，祢只是要我「經過」。
求主再來開啟我，
帶領我更深地經歷祢奇妙的作為。
願我能順服在祢所量給我的人或事的環境，
到達豐富之地。
我主我的神，謝謝祢、讚美祢！

★ 回顧【Start up】時間的記錄，並且記錄下自己的感恩和感動。

DAY 4 合一的關鍵

> 「從今以後，我不在世上，他們卻在世上；我
> 往你那裡去。聖父啊，求你因你所賜給我的名
> 保守他們，叫他們合而為一，像我們一樣。」
> 約翰福音十七：11

這章記載的是主耶穌最長的禱告，後來很多人把它稱作是「大祭司的禱告」。

神很清楚地告訴我們，祂所期待的不單只是在約翰福音第十五章裡描述如同葡萄樹和枝子的關係，這一章更帶領我們進到與父，甚至是與主耶穌、聖靈的連結裡，進入更深的合一裡。

「順服」正是合一的關鍵。主耶穌為門徒的禱告是「叫他們合而為一，像我們一樣」。祂能理解你的心，因為祂也曾三次向天父說：「我父啊……不要照我的意思，只要照你的意思。」（馬太福音二十六：39b），然而最終，耶穌自己卻存心順服以至於死，並且死在十字架上（參考腓立比書二：8）。

主耶穌與父合一，是透過順服神所量給祂的環境，甚至是以至於死的環境。這就是我們要學習的合一，祂希望門徒們能合一，就如同三一真神彼此相愛合一。

家人們！要與主耶穌合一，是要讓祂活在生命裡，正如

保羅說的：「現在活著的不再是我，乃是基督在我裡面活著」（加拉太書二：20），這是何等深刻的與祂同在！

為著能長出順服的心志來禱告：無論你面臨任何風浪，不要忘記主耶穌告訴門徒的：「叫他們合而為一，像我們一樣」。讓我們再次與神連接，再次和祂對齊。

/ 為自己禱告 /

主，幫助我看見祢順服天父以至於死，
求祢也把這樣的心志與恩典賜給我！
神啊！這對我來說不是件容易的事，
需要有祢極大的恩典，
願祢吸引我，讓我更深地與祢相遇，長出順服的心志。

主神，我向祢禱告：讓我與祢能生出絕對的信任，
這絕對的信任要發生在我裡面，
面對任何冒犯，我都能立刻服在神所量的環境中。
如同保羅提醒提摩太那樣，
將敬虔、敬畏耶和華的靈賜給我，
讓我經歷「敬畏神的，什麼好處都不缺」。

主耶穌，祢要門徒與祢合一，所以我也要與祢合一！
當我願意順服在祢話語裡，讓我可以更深地明白祢的愛！
每一次服下來就感受到祢愛的同在。

★ 回顧【Start up】時間的記錄，並且記錄下自己的感恩和感動。

耶穌的命令

> 「有了我的命令又遵守的，這人就是愛我的；
> 愛我的必蒙我父愛他，我也要愛他，並且要向
> 他顯現。」約翰福音十四：21

當我們開始順服在神施恩座前，便是走進了這段經文裡。接下來我們要如何「明白與遵守祂的命令」呢？這跟「順服」有關，當我們願意順服下來，就會證明一件事：順服的心會長出愛耶穌的心。

神所量給我們的環境，最親近的就是我們的家人，而常常最難愛的也是他們。若是你正在面臨與家人溝通的困難，甚至過去經歷過從家人來的傷害，我要鼓勵你：現在開始學習「饒恕」。在關係裡，常常要有「立刻饒恕」的心志，立刻願意放掉自己的偏見與計謀。

特別要常常祝福一家之主，讓他有從神而來的謀略與心志，禱告求主挖深他對神的渴慕。在治理家庭時，若能以神的心意來治理，這樣的家不發旺都難，所以祝福一家之主能常常敬畏神，並且可以見著與經歷上帝奇妙的作為。

家人們，鼓勵你在夫妻或親子之間，開始常常獻祭、組成家庭祭壇，你將會看見你的家會常常經歷到神，甚至在家中會開始有神蹟的大爆炸！

奉耶穌基督的名祝福你的家庭，在接下來的日子裡，必

有美好的事發生、必有美好的事要發生在你的家！感謝主、
讚美祂！

我主我的神，求祢幫助我，
常常我會以一些直接的話語使我的家人受傷，
但主祢要我溫柔，求主讓我效法祢，順服在神的話語裡。
奉耶穌基督的名祝福我的家人：領受主耶穌的平安。

主！為一家之主來向祢禱告：
求主在他裡面彰顯出祢的榮耀。
獨行奇事的神哪！祢愛家庭的心不變，
特別當我將每個家庭中的治理者交在祢手裡時，
求主挪走一切的重擔，挪走在治理財務上的重擔，
願祢更深的愛觸摸、挖深他對祢的渴慕，謝謝主！

★ 回顧【Start up】時間的記錄，並且記錄下自己的感恩和感動。

_____

_____

_____

_____

_____

順服的新衣

> 「耶和華對亞伯蘭說，你要離開本地、本族、
> 父家，往我所要指示你的地去。我必叫你成為
> 大國；我必賜福給你，叫你的名為大，你也要
> 叫別人得福。」創世記十二：1-2

家人們，這是神蹟展開的一年。對每位神兒女來說，這是神在你生命中要帶領你常常經歷神蹟奇事的開始。神在你生命當中正在做新事，讓我們穿戴著屬神的新衣，走進新的旅程裡。

如同本周第一天所講到的，當你願意從心中的吾珥跨越出去，如同亞伯拉罕離開本地、本族與父家那樣。神除了帶領你順服祂所量給你的環境之外，更要帶領你走進蒙福的「新樣」中。

神正在幫助我們，讓我們走上愛祂的旅程。聖經告訴我們，這條路向來沒有人走過（參考約書亞記三：4），所以在走這趟旅程時，神有一個提醒：，我們唯有持續愛祂、一直服在祂施恩座前，才能使順服的心志逐漸長成。

「順服」並非因著「被要求」而順服，每次的順服都是因為我們愛神，也是開始顯明我們對神的愛。

求主聖靈帶領，讓我們真知道如何來愛主耶穌，讓全球神的兒女都能展開一個運動，就是「愛主耶穌」的運動。這

個運動要如何開始呢？是藉著我們順服在神施恩座前，好好
地來愛祂。

主耶穌，順服實在不容易，

但是當祢被接回天父上帝右邊，為我們代求時，

感謝祢賜下聖靈保惠師來幫助我們。

奉耶穌基督的名，命令一切從仇敵而來的詭計，

讓我們在環境裡無法服下來的，都要完全離開！

帶領我們在接下來的日子裡看見：

除了我們愛祢之外，更看見是祢愛我們，

並非只是追求口頭的順服，或是外表順從內心不服，

而是有實際的順服行動。

在生活中每次要順服時，都要說：

主耶穌我們愛祢、我們願意回應祢！

讓我們的順服不困難。

帶領我們走進喜樂，求祢更厲害地吸引我們！

★ 回顧【Start up】時間的記錄，並且記錄下自己的感恩和感動。

_____

_____

_____

愛我們的家

> 「你們這假冒為善的文士和法利賽人有禍了！
> 因為你們正當人前，把天國的門關了，自己不
> 進去，正要進去的人，你們也不容他們進去。」
> 馬太福音二十三：13

當我們願意順服在神施恩座前時，也要禱告愛教會、愛神為我們預備第二個家的運動，也要展開！若有人正在找尋教會，求神將那屬靈的家量給你。

今天的這章經文是耶穌對眾人講話內容中的最後一個章節。一開始，主耶穌就直接呼召所有人要離開舊有的系統、離開宗教律法主義的系統，呼召我們跟隨榮耀的君王進到「新樣」裡、進到彌賽亞國度裡。在這裡，祂公開教導講到法利賽人的七個禍，而第一個禍就是講到「會絆倒人」。

經文說：「因為你們正當人前，把天國的門關了，自己不進去，正要進去的人，你們也不容他們進去。」這意謂著剛認識神的人，可能會被神的教會、宗教領袖或是站在講臺上的人所絆倒。

所謂的「明星主義」是指：我們常常會被某知名講員的講道內容所吸引，於是就會開始只強調是「某某牧師說的話」，卻很少講到聖經怎麼說。甚至以這些明星領袖馬首是瞻，為了想和他們一樣成為明星，只以他們所行的為準則。

若是這樣，就要留意自己可能也已經長出法利賽人的心志了。法利賽人的行為會對剛信耶穌、或是在屬靈上較年輕的人帶來不良的影響，甚至會攔阻他們更愛主耶穌，把他們帶進虛謊裡，因而把進天國的門給關了。

　　求神幫助教會不再有明星主義，不要再塑造特別的明星，因為主耶穌才是唯一的明星！願祂成為教會唯一的渴慕。

為自己禱告

我主我的神，感謝祢為我預備第二個家，就是教會。
當我在這個家被乳養時，
願祢挖深祢寶愛兒女對祢的渴慕。
求主再來帶領教會，挪走我們想要批評論斷的心、
挪走我們看到不足就想要說的心，
願我們每個人的口，都能成為祝福的口，
每次順服，口便流出活水，教會要興起愛耶穌的運動。

奉耶穌基督的名，攻破在教會中一切的傳舌、批評論斷，
求主讓教會與祢更多連接，生發出合一的力量，
以致帶來地土的轉換！祢要在全球教會中興起發光！

求主讓教會不長出法利賽人與文士的心志，
救我們脫離宗教律法主義、脫離舊有的系統，
帶領教會不存在明星主義或明星系統，

而是踏上愛耶穌的旅程。

祝福神的教會領受福音的大能，帶來人心的轉化，

神的百姓進到教會裡，一一被祢的愛得著。

奉耶穌基督的名宣告：這是教會興起的日子！

★ 一周過後，再回顧之前【Start up】時間的記錄，若你發現自己有新的想法和改變，邀請你留下一段時間和神對話，並且在本書最後屬於你和神的空白頁中，留下你想和神所說的話。

預備

得赦免其過、遮蓋其罪的，
這人是有福的！
凡心裡沒有詭詐、耶和華不算為有罪的，
這人是有福的！

詩篇三十二：1-2

1. 填入你在這周想做或已經做了不討神喜悅的事。

   （如：偷看色情影片、突然暴怒……）

2. 用不同顏色的筆，寫上你對自己的看法

   （如：憤怒、無奈、失望……）

3. 在你與神禱告悔改後，神對你說了什麼 _____

4. 將神對你說的話，用塗鴉或書寫的方式覆蓋在先前的文字

   上方，並且一眼就能看出來。

我喜悅你悔改的心！ ←神對你說的話。

Ex: 對別人說謊

失望

得赦免其過

> 「得赦免其過、遮蓋其罪的，這人是有福的！
> 凡心裡沒有詭詐、耶和華不算為有罪的，這人
> 是有福的！」詩篇三十二：1-2

本周神把「預備」兩個字放在我們心中。祂要我們「預備」什麼？正是要預備我們的心。在這一生裡，神渴望得著我們的心。

經文裡談到了「得赦免其過」，原文的意思就是「神不算為有罪的」，在希臘文裡則是指「在帳面上完全沒有記錄的」。而這樣一個真實的赦免，依靠我們自己是無法實現的。家人們，我們要開始「預備」自己：不論面對任何好事、壞事，或中傷你的事，都開始學習，讓這些記憶在生命的帳戶裡，都被神的愛融化。我明白這不是件容易的事，因為不管是犯罪或被害，常常都會讓我們走進難過、沮喪或痛苦裡，但是神的愛可以克服這一切。

經文還講到「遮蓋其罪的」，其後提到「凡心裡沒有詭詐、耶和華不算為有罪的」。我們在面對罪時，常常會想要去遮蓋、掩飾，然而神很直接地告訴我們：不要再靠著自己來掩蓋罪，所以你不用再靠說謊或企圖用善行等其他方式來遮掩。在關係中，特別是在夫妻之間，若覺得彼此有嫌隙或是感到對不起對方，就開始以禮物或溫柔態度來代替認錯，

這也是一種「遮蓋其罪」。罪是遮蓋不了的，我們無法用人的行為來遮掩，只有耶穌基督的寶血才能夠遮掩罪。

在接下來的這一周，求神讓真實的饒恕與赦免臨到我們。不管我們是得罪神或得罪人，都必須清楚知道：不要再遮掩自己的罪，如今我們可以坦然無懼來到神施恩座前。而之所以可以「坦然無懼」，是因著耶穌基督的寶血、因著祂在十字架上所做成的工作。

/ 為自己禱告 /

我主我的神，在進入「預備」的這一周裡，
求主聖靈來提醒我：讓我不再靠自己遮掩其罪。
幫助我被別人冒犯時，有赦免的能力，
靠自己，我無能為力，我需要聖靈的幫助。
我渴望預備祢在榮中降臨、讓聖靈再來充滿我，
讓我真實走在祢的律裡、更深地經歷祢的愛。

把悔改的靈賜給我，特別在接下來的日子。
幫助我對人不要太敏感，讓我對祢敏銳：
敏銳於祢在我生命當中所做的，好讓我不再對人敏感。
也把真實的悔改賜給我，讓我真知道自己犯罪，
更可以順服在祢面前。

★ 每周一開始的【Start up】時間，是要邀請你：在接下來的每一天裡，時常回顧看看你曾經有過的想法，並且記下你心中的改變。

對罪更敏感

> 「得赦免其過、遮蓋其罪的，這人是有福的！
> 凡心裡沒有詭詐、耶和華不算為有罪的，這人
> 是有福的！」詩篇三十二：1-2

大衛犯了淫亂的罪，繼續以說謊等各樣方式遮掩自己的罪，感覺上罪好像遮掩成功了，但是他依然要付上罪的代價。除了神，我們沒有辦法使罪債消除。

接下來，我們要「預備」什麼呢？求神讓我們開始對罪敏感，在與人的關係裡，不再因為犯錯，而開始想要藉由討好或迎合來掩飾，這都會讓我們無法敬畏神。求神把悔改的靈以及對罪的敏感賜下，幫助我們持續提升對罪的敏感度。

若你很清楚知道自己持續在罪中打轉、清楚知道自己無能為力改變，並且常常會迎合、掩蓋自己的罪。求神釋放極深的心意臨到你身上，求聖靈帶領我們回到祂的律裡，讓我們不再隱藏。在接下來的日子，是震動來臨的日子，而基督徒之所以能站立得住，是因為能夠以心靈與誠實來敬拜神。

神要開始做一件新事，也許你過去做了很多不討神喜悅的事，甚至逃避神，像是你穿著一雙灰塵滿佈的鞋，但是，主耶穌要親手擦拭你的鞋，並且將鞋全然擦亮。

若是你心裡覺得自己犯罪了，或者總是習慣藉由迎合人來遮掩罪的，求聖靈提醒你立刻止住，並且馬上轉向祂。讓

我們留心傾聽聖靈的聲音：感覺到犯罪、得罪神，就立刻悔改在祂面前。讓自己成為真實的神兒子，可以真誠地向人道歉。操練我們的生命，開始對罪更加敏感。

為自己禱告

主神，求藉著祢的靈，叫我心裡的力量剛強起來。
在面對聖靈與情慾相爭的日子裡，如同保羅所說的，
再次將心全然交還給祢！
求主將敏感度賜給我，讓我敏感於祢所要說的話，
讓我清楚聽見祢的聲音。

我承認在我做了 ＿＿＿＿＿＿＿＿（得罪神的事）時，
我必須面對此刻生命中的掙扎與罪，
然而，祢在我的軟弱裡要顯為大、顯為剛強，
帶領我往前見著祢的面。
讓我更深地明白祢的心意，脫去舊人，穿戴上新人。

★ 今天禱告之後，不要忘了再回顧一下之前的【Start up】時間，並且帶著禱告和神的祝福一起入睡。

_____

_____

_____

_____

DAY 3

失控的控制

> 「以別神代替耶和華的,他們的愁苦必加增;
> 他們所澆奠的血我不獻上;我嘴唇也不提別神
> 的名號。」詩篇十六:4

這節經文原文的說法是:愁苦加增的原因,是由於「以別的來代替神」。這裡的「別神」、「別的」,代表了生命中的偶像。

神一定會拿走我們情感的拐杖,我們愈依靠誰,祂就愈會將其拿走。因為祂愛我們,要讓我們的心單單歸給祂來保護。所以在「預備」的這周裡,讓我們來找出:在生活中有哪些是我們想要控制的?又有哪些是我們不斷注視的?

經文中所提的「別神」,是很特別的啟示。當我們的內心開始升起憤怒等等的情緒時,你要留意:到底是什麼在牽引你?又是誰在決定你的下一個動作?

求聖靈來引領我們吧!幫助我們找出生命裡的偶像,以及不討神喜悅的一切。在這周裡,我們要敏感於到底這個「別神」、「別的人」是誰?「別的事情」又是什麼?

我特別想分享關於「控制」這件事。或許你常感覺自己不夠好,於是總想去「控制」環境,這就成了你生命中的「別神」。在軟弱、沮喪、內心空虛時,我們容易開始對人或事產生情感的依附,而情感依附的背後就是「控制」。

你覺得自己有「控制」的問題嗎？總想要控制環境、人或事，甚至會因著想要「控制」而開始迎合人嗎？求神讓你更深地看見聖靈所要為你做的奇妙工作！

我主我的神，求祢顯明在我生命中一切的偶像，
幫助我的眼目常常歸給祢、經歷祢奇妙的作為。
主聖靈，我要向祢禱告：不論在自義或在偶像裡，
讓我認清內心的狀況，更深明白自己到底怎麼了？
為什麼對這件事情特別有情緒？讓我不進到「控制」裡。

求祢釋放一切的不安全感，把平安放回我裡面。
開啟我，讓我不被偶像所捆綁，不讓別神代替祢。
我的嘴唇不提別神的名號，我的情感是歸祢的，
奉耶穌基督的名，釋放一切的「控制」，
命令一切想要「抓」的性格，完全離開我們！
求祢將鴿子眼賜給我，讓我專注在祢施恩座前。
帶領我將自己全然歸給祢，成為祭物燒著在祢面前！
無論到哪裡都順服祢、無論在何處都將軟弱獻上。

★ 回顧【Start up】時間的記錄，並且記錄下自己的感恩和感動。

_____

_____

_____

以別神取代

> 「以別神代替耶和華的，他們的愁苦必加增；
> 他們所澆奠的血我不獻上；我嘴唇也不提別神
> 的名號。」詩篇十六：4

　　你是否曾經想過，這裡提到的「別神」，很有可能就是
妳／你的另一半？也有可能是你的孩子。有一些弟兄姊妹在
面對妻子或兒女時，常常以為要以他們為重，就減少了事奉
或是與神親近的時間。

　　然而若是你的眼目只是注視孩子的需要，神一定會拿走
你這個情感的拐杖、拿走你所注視的。求神再次讓我們將家
人，甚至未信主的家人，都全然交還給神。

　　讓我們歡迎聖靈！在「預備」的這周裡，預備我們的心
和眼，全然交給祂，也預備將自己與家人的關係獻上，即便
再難，都願意開始在難處之中向神獻祭。很多時候愈親近的
人好像愈難跨越，在你的家庭或關係裡，你感覺最艱難的那
部分，我要鼓勵你：更要常常交出去給神。

　　在「預備」的日子裡，求神幫助我們找出心裡的偶像，
你要去思想：有沒有哪一些是你太在乎的人或事？甚至是你
想要對其進行控制的？也可以思考：你常常會為了哪個人或
事而生氣，為什麼會如此生氣？

　　找出來之後，要記得把這個人或事，重新交到神的面前。

我主我的神，當我為家庭來祝福時，
願祢在家庭裡彰顯出祢的奇妙與榮耀的作為。
特別向祢禱告：
在「預備」的日子裡，賜我饒恕的心，
讓我在家庭關係裡不會常常覺得被冒犯，
願祢更深、更屬害地吸引我，讓我快跑跟隨祢！

懇求聖靈帶領我，認出生命中的偶像、一切想要控制的，
在「預備」的這一周裡，我要來向祢獻祭：
交出內裡的軟弱無能，不讓「別的」偶像來取代祢，
我和祢要進到健康、健壯裡，幫助我更深地見著祢。

★ 回顧【Start up】時間的記錄，並且記錄下自己的感恩和感動。

聖俗不相容

「我說,你們當順著聖靈而行,就不放縱肉體的情慾了。因為情慾和聖靈相爭,聖靈和情慾相爭,這兩個是彼此相敵,使你們不能做所願意做的。但你們若被聖靈引導,就不在律法以下。」加拉太書五:16-18

當阿爸父捨了祂的愛子耶穌基督,以祂的寶血來洗淨你我的罪,用耶穌基督的生命重價將我們救贖回來,我們就要單單歸耶和華為聖。要單單走進「分別」——聖與俗不相容的開始。

當我們要進到更深入的至聖所時,有些人可能還在情慾的網羅裡,加拉太書裡所說的「情慾」不單單只指在性關係上,舉凡批評論斷或者關係裡的錯綜複雜,都會讓你的生命出現極大的艱難,而這些都是屬於「情慾」。

經文講到:「但你們若被聖靈引導,就不在律法以下。」這裡的「律法」在原文裡不單指舊約裡的十誡,更是指在生活裡的慣性。當你在心裡決定不再依從生活的慣性,而要將自己交還給神、決心向著祂時,這正是你要被聖靈引導的時刻。當你開始要走進經歷神、更深的旅程時,你更需要求神光照,認出內裡一切情慾的網羅,並且將它全然交給神。

此刻讓自己安靜一分鐘,讓聖靈來光照你。當神光照你心裡的軟弱、光照你的情慾網羅時,要來到神施恩座前,將

它全然投在神的祭壇中焚燒。你要擁有一個分別為聖的開始，從今天起，你裡面要有一股能力，開始選擇聖靈、選擇站在神這一邊。

邀請你將自己持續獻在神面前，並且按手在心上，讓神更深的愛來觸摸我們，來到主施恩座前，將自己單單歸給祂。

為自己禱告

主聖靈，我歡迎祢：願祢裂天而降，領我進到水深之處，讓我全然歸給祢！讓我「不見一人，只見耶穌」。

求祢持續帶領我，在我面對 ＿＿＿＿＿（軟弱的內容）時，
我仍然可以稱頌祢、來到祢施恩座前誇勝，
因為祢是得勝的王！
謝謝祢總是知道我的軟弱、知道我沒有辦法靠自己得救，
懇求主聖靈降下烈火燒著我！燒出我對祢的絕對！
我主我的神，謝謝祢、讚美祢！

★ 回顧【Start up】時間的記錄，並且記錄下自己的感恩和感動。

_____

_____

_____

_____

尋找就尋見

「耶穌又說：『你們中間誰有一個朋友半夜到他那裡去，說：「朋友！請借給我三個餅；因為我有一個朋友行路，來到我這裡，我沒有甚麼給他擺上。」那人在裡面回答說：『不要攪擾我，門已經關閉，孩子們也同我在床上了，我不能起來給你。』我告訴你們，雖不因他是朋友起來給他，但因他情詞迫切的直求，就必起來照他所需用的給他。我又告訴你們，你們祈求，就給你們；尋找，就尋見；叩門，就給你們開門。』」路加福音十一：5-9

耶穌在這裡用了個比喻，講到有位朋友半夜來求餅，因為他「情詞迫切的直求」就給他開門、並照他所需用的給他。後面講到「你們祈求，就給你們；尋找，就尋見；叩門，就給你們開門」。主耶穌告訴我們：要直接向神求，那個「求」還要進到「情詞迫切」裡。

在接下來的日子裡，我們裡面要有真實的渴望。這個「情詞迫切」是到一個程度，就如同感覺口渴。當你感覺到口渴、想要喝水時，其實就代表身體已經缺水了，是如此的迫切。鼓勵你，要知道我們所認識的主耶穌，祂是好神，所以一定會把好的東西賜下，因此我們只管「直求」。

路加福音第十一章第 10 節提到，當我們「情詞迫切的

直求」時，天父一定會將上好的賜給我們。什麼是「上好的」？就是聖靈！我們與神有父與子的關係，祂一定會把聖靈賜給我們。

　　鼓勵你在接下來這周裡，要向神「情詞迫切的直求」、呼求聖靈的造訪能臨到我們生命當中，並且挖深我們對祂的渴慕，讓我們的心能進入那「情詞迫切」裡。

為自己禱告

　　我主我的神，孩子來到祢施恩座前說：我需要祢！
　　我不要只是聽見哪一個國家或哪個區域有復興，
　　而是渴望聖靈直接在我的生命當中掌權。

　　聖靈我歡迎祢，祢在我生命當中有絕對的主權！
　　挖深我對祢的渴慕，我不要只是一次的造訪，
　　祢要我們不要醉酒，乃是要被聖靈充滿，
　　讓我們向祢呼求：我們有「情詞迫切」的心，
　　帶領我走進如同路加福音第十一章裡那求餅的朋友，
　　也讓我像以賽亞書第六十二章所說「呼籲的不要歇息」，
　　讓我搖動祢的手，藉著禱告震動世上的國！
　　主啊，求祢挖深我對祢的渴慕。

★ 回顧【Start up】時間的記錄，並且記錄下自己的感恩和感動。

勇敢跨出去

> 「但聖靈降臨在你們身上,你們就必得著能力,
> 並要在耶路撒冷、猶太全地,和撒瑪利亞,直
> 到地極,作我的見證。」使徒行傳一:8

　　這是你我都非常熟悉的經文:「但聖靈降臨在你們身上,你們就必得著能力」。這裡提到的「能力」在原文裡就是「和神有神聖的相遇」;如同當年 120 位門徒在馬可樓上被聖靈充滿的景象。你所學、所讀的經文如果只長在腦袋裡,是沒有能力的,唯有聖靈能幫助我們開始與神相遇,被聖靈充滿的人會是勇於跨越的人。

　　若你還不知道自己的命定和計畫,你可能會想:「到底這個『能力』和我的命定與計畫有什麼關聯?」我要告訴你,神不但讓我們得著勇於跨越的「能力」,更要我們活得像主耶穌,祂所做的我們也要做。當我們得著能力時,神的心意是要我們「在耶路撒冷、猶太全地、撒瑪利亞,直到地極做主的見證。」

　　本周是「預備」的一周。到底要預備什麼?很重要的是,要預備你有跨越的能力、有跨出去成為福音使者的能力,你的受造、你的呼召就是要成為天國的大使。你是否願意回應這個呼召?奉耶穌基督的名宣告:你將不再一樣!求聖靈讓你有從神而來的憐憫眼光,並在生命當中有更新。

神有一個偉大的計畫，是要藉著我們去實行的。這是福音廣傳的日子，祂要我們「去！」使萬民做主的門徒。奉耶穌基督的名，我要祝福每位神兒女領受傳福音的負擔、領受對靈魂的負擔、領受從神而來的憐憫。當我們跨出去，就會經歷祂奇妙的作為。

／ 為自己禱告 ／

我主我的神帶領我，讓我有預備的能力，
讓我有能聽的耳與受教的心。
讓我敏感於聖靈在我生命當中的帶領，
即便可能只是打個電話，或有人來和我聯絡，
都能成為福音的出口。
求祢從施恩座前賜下傳播福音的恩賜，
當我跨出去時，都要見證我所傳的道。
願主聖靈能力的靈現在就充滿我，
讓我有跨出去的信心與能力！

★ 一周過後，再回顧之前【Start up】時間的記錄，若你發現自己有新的想法和改變，邀請你留下一段時間和神對話，並且在本書最後屬於你和神的空白頁中，留下你想和神所說的話。

_____

_____

_____

警醒

所以，你們要警醒；
因為那日子，那時辰，你們不知道。

馬太福音二十五：13

下圖有兩張人形圖，一張代表你的舊人，一張代表新人
請在下方具體標註：你想脫去舊人身上不喜歡的地方？神要
你改變的地方？繪製神為你訂製的新人圖，他與舊人有什麼
不同呢？

範例：

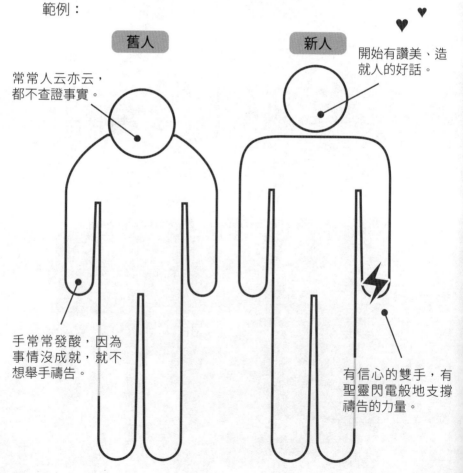

舊人

新人

開始有讚美、造
就人的好話。

常常人云亦云，
都不查證事實。

手常常發酸，因為
事情沒成就，就不
想舉手禱告。

有信心的雙手，有
聖靈閃電般地支撐
禱告的力量。

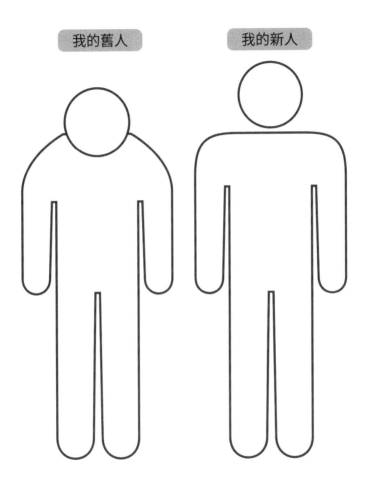

DAY 1　生命決斷谷

　　在進入三個月跨越旅程的最後一周，不知道你現在如何？

　　在禱告裡，我常感覺到未來大環境的日子會愈來愈艱難，然而你的心思意念就是一個戰場。所以我想和親愛的家人們分享：現在是一個決斷谷，若是你在今天決定將心思意念歸給祂，你將會走進得勝之中。

　　這是告別過去、迎向嶄新的決斷谷，當你立定心思要將自己歸給神，每當有不好的意念進入你的心思意念時，就一次次地將它獻上，並且再次將它釘在神面前。

　　前一周是「預備」的日子，我們預備好自己的心，等候著聖靈降臨，並且相信神會帶領很多人開始經歷祂奇妙的作為，甚至是奇妙的供應。然而，如果你現在正處在面對自己心思意念的難處裡，感覺無法得勝，甚至常常陷在負面當中，這正是你我要開始走進爭戰的日子，神在此時把「警醒」兩個字賜給我們。

　　我們需要「警醒」，特別是在心思意念的戰場裡。邀請你，若是還有任何負面心思在你心裡，現在都要把它交出來給神：「警醒」自己的心思意念，凡有一點點不屬神的，就立刻拔除，並且開始栽種屬神的信念。

　　這要怎麼做呢？你裡面只要知道有不屬神的意念出現，

就馬上向神說：「神！我現在要把這樣的信念交給祢，祢所栽種的是天國的信念，求祢教導我去愛！」如果沒有辦法饒恕，就把這個人交還給神，求神把饒恕的心思賜給你。我要鼓勵你在「警醒」的日子裡，一同來經歷神！

為自己禱告

主啊！再次將自己交在祢手裡，
謝謝祢讓孩子真實地遇見祢，感受到祢的愛。
求祢降下愛的恩膏，持續流進我的生命。
我要對祢說：祢就是我的滿足！
求主聖靈如烈火般，釋放極深的愛火來燒著我，
燒掉一切負面思想、非神信念、內在誓言。
奉耶穌基督的名，忌邪的烈焰現在要全然燒下來，
讓我將心思意念完全交還給祢。
挪走我一切的傲慢與偏見、自高之事，
我願意將頭腦全然交還在祢手中。
求主栽種好的心思意念、栽種屬祢的信念，
願聖靈如火焰般現在就燒著我！讓我常常來歸給祢。

★ 每周一開始的【Start up】時間，是要邀請你：在接下來的每一天裡，時常回顧看看你曾經有過的想法，並且記下你心中的改變。

與主同警醒

> 「愚拙的拿著燈，卻不預備油；聰明的拿著燈，又預備油在器皿裡。新郎遲延的時候，她們都打盹，睡著了。」馬太福音二十五：3-5

馬太福音第二十五章第 1 至 2 節提到：「那時，天國好比十個童女拿著燈出去迎接新郎。其中有五個是愚拙的，五個是聰明的。」在這裡講到的「天國」意謂的是：耶穌基督再來的景況，也就是永恆的國度，而這世間的一切都會終止。

在這裡，主耶穌用了一個比喻向門徒說明，祂用巴勒斯坦的婚姻嫁娶作為引子，講到當新郎要迎娶時，童女們要去迎接新郎之前，很重要的是要先預備好燈油。家人們，此刻是我們預備燈油的日子，當大環境中陸續出現各樣的震動、天災人禍的侵害愈來愈頻繁，神的心意是要讓我們再次明白：這是應當警醒預備的日子。

如何警醒等候主再來？

「警醒」在聖經裡原文的意思是「保持警覺性」。「警醒」的相反其實就是「睡覺」。主耶穌在客西馬尼園裡禱告，看見門徒睡著了，就告訴他們：「來到門徒那裡，見他們睡著了，就對彼得說：『怎麼樣？你們不能同我警醒片時嗎？』」（馬太福音二十六：40）

家人們，新郎到底何時才會來？聖經告訴我們，祂來

的日子像賊來到一樣，沒有人會知道（參考彼得後書三：10）。所以在等候的日子裡壓力是大的，現在憂鬱症的藥長期在全球都是銷售第一，在未來依然是如此，精神、情緒方面的疾病會一直出現，我們需要的是：聖靈帶領我們在等候的日子裡，可以開始看見盼望，我們要活在信心裡、活在神的律裡。

你預備好了嗎？

經文裡提到的「油」代表的就是聖靈的能力、代表的就是聖靈。然而，當你裡面沒有油，就如同你和神、和聖靈之間的關係是十分無力的。

這一章講到：當新郎回來，就是童女們要出來迎接的時候，然而愚拙的童女們才發現油即將沒了，於是便向聰明的童女們要，可惜的是，聰明童女卻沒有辦法給她們（參考馬太福音二十五：8-10）。

家人們，在這「警醒」等候的日子裡，我們的心很容易陷在空虛、混沌之中，天堂的門什麼時候關，我們也不知道，耶穌基督再回來的日子，我們也不知道。但重要的是，神要我們預備好、與祂同警醒。此時正是警醒的日子，神會帶領我們走進警醒的旅程。

來向神呼求能力！當我們警醒，代表著我們有一個好的預備，燈油是充分的！我想邀請你把手打開，若是你已得著方言的，就開口說方言。我要向神禱告：你的方言要開始不一樣，要如同馬可樓上的 120 位門徒一樣，讓聖靈的火焰燒

著你，說出新的方言；沒有領受過方言的，現在就能說出方言！

　　家人們，我要鼓勵你，這是一個新旅程的開展！神正在做新事。願聖靈幫助我們，更深地經歷神奇妙的作為。

哈利路亞！奉耶穌基督的名求祢降下火來燒著我！
主聖靈，求祢帶領我走進警醒，能力的靈現在就充滿我，
奉耶穌基督的名，命令憂慮、擔憂、憤怒完全離開！

求主以祢的能力再來充滿我。光照我對祢的態度，
當我的心沉睡了，求祢敲醒我、厲害地敲醒我，
讓我無論在家庭、工作或事奉裡都要與主對齊！
祢為我們戴上救恩的頭盔，保守我們的心思意念，
讓我們更深地經歷祢、更深地享受祢的同在。

★今天禱告之後，不要忘了再回顧一下之前的【Start up】時間，並且帶著禱告和神的祝福一起入睡。

突然的網羅

> 「你們要謹慎，恐怕因貪食、醉酒，並今生的
> 思慮累住你們的心，那日子就如同網羅忽然臨
> 到你們；因為那日子要這樣臨到全地上一切居
> 住的人。」路加福音二十一：34-35

在本周裡，神要讓我們「警醒」。這並非是要我們害怕，乃是要在「警醒」中讓我們知道：生命中是否存在著一些雜質是需要被恢復的？那在生命裡緊抓不放的則需要放下。為的是要讓你能全然交託給神。

主耶穌透過路加福音第二十一章來告訴門徒：要謹慎、要警醒，以免這些事物來累住門徒的心。在未來的日子裡，貪食、醉酒和今生的思慮就如同網羅臨到我們的身上。「網羅」何時出現？我們真不知道，然而「網羅」卻能讓我們無路可走。

這裡提到了「貪食」、「醉酒」與「今生的思慮」。「貪食」與「醉酒」，可以延伸為我們個人的需要與喜好，而「今生的思慮」則是代表生命中一切的規劃。

如果你覺得自己的生命沒有計畫，或是你已經訂好計畫，但目前卻不知該前進或後退，彷彿失去了方向，懇求聖靈幫助我們，讓這些我們緊抓住、如同網羅般纏累我們心思，讓我們無法知道前面方向，甚至在工作裡也卡住的，都可以

放下。求神賜下「警醒」的心志給我們。

　　很多時候在面對前方道路時，不是不要去計劃，關鍵是：在計劃時，是否有先將你的計畫全然交在神面前、讓神一步步地帶領，成為你引導引路的神？

　　在面對末世、面對未來的日子裡，讓我們更深地抓住神，順服祂的話語、順服祂所量給我們的環境。

為自己禱告

主，謝謝祢在我還在罪中時，就搭救我、把我領回父家。
感謝祢在過去這幾年裡，模塑我的生命，
感謝祢總是我隨時的幫助！
面對前方不知道該如何開啟時，我仍要感謝祢，
當我徬徨、停滯時，我仍相信祢會隨時幫助我。
當我呼求，祢就應允我，當我呼求，祢就臨到我的生命！

主啊！在未來的日子裡，讓我在生活裡常常經歷祢。
祢常常告訴門徒：要警醒禱告，免得入了迷惑，
所以我真的向祢求，把警醒的心志賜給我，
讓我更深地歸給祢、更深地分別為聖！
懇求聖靈提醒我：知道在我眼睛張開的時光裡，
我的眼目到底在注視什麼？哪些是過多的？
當我發現過多時，就馬上把它交還給祢，經歷祢的輕省！

★ 回顧【Start up】時間的記錄，並且記錄下自己的感恩和感動。

末世大迷惑

「耶穌出了聖殿，正走的時候，門徒進前來，把殿宇指給他看。耶穌對他們說：『你們不是看見這殿宇麼？我實在告訴你們，將來在這裏，沒有一塊石頭留在石頭上不被拆毀了。』耶穌在橄欖山上坐著，門徒暗暗的來說：『請告訴我們，甚麼時候有這些事；你降臨和世界的末了，有甚麼預兆呢？耶穌回答說：『你們要謹慎，免得有人迷惑你們。因為將來有好些人冒我的名來，說：我是基督。並且要迷惑許多人。』」

「因為假基督、假先知將要起來，顯大神蹟、大奇事，倘若能行，連選民也就迷惑了。」

馬太福音二十四：1-5、24

　　這是耶穌在橄欖山上的信息。在馬太福音第二十四章裡，門徒提出了兩個問題：第一個是關於聖殿被毀的事，第二個則是問到耶穌基督再來的時候，有什麼樣的預兆？

　　「聖殿被毀」這樣的預言已經應驗了，而「主耶穌要再來」這個預言尚未發生，但從神的時間表裡來看，距離祂再來的日子近了。然而，我們都很容易會被關於「耶穌再來」的迷惑所吸引，特別是華人都喜歡新的信息或新的啟示，常常在不注意的時候，就落入迷惑的詭計中。

異端、邪教的興起

接下來會有異端邪教的迷惑，開始傳遞假信息。所謂「異端」意謂的是，在基督的大家庭裡，有人開始走旁門左道，甚至傳講錯誤的道理，在未來的日子裡，很多人不再傳講耶穌基督是獨一真神，甚至不再談十字架的真理，總是過度強調恩典。

即便是恩典，都要回到十字架上的真理。當人心不再藉著認罪悔改來到神面前，只是一味強調恩典而不再自省、不再覺得需要重回到神面前更深地認識自己，就會失去神在患難裡對我們的訓練。

假基督、假先知的出現

不單是異端興起，這一章還提到會有假基督、假先知這些行大神蹟、行異能的人會出現。這帶來的「迷惑」是什麼？你我都喜歡看見神蹟奇事的發生，而我要告訴你，行神蹟並沒有錯，喜歡看見神蹟也沒有錯，但重點是：不要忘記那位行神蹟的神。

在未來為什麼會有這樣的大迷惑？因為人心是跟隨神蹟的——可以立刻解決你問題的，你就會選擇跟隨。這就如同換一座廟去拜，只是這座廟就叫耶穌廟。這是神要我們警醒的！你不應該去跟隨一位說出準確預言的人，乃是要去認識釋放神蹟奇事的這位神。

抵擋迷惑的方法：更認識神

家人們，你會迷惑是因為沒有明白神的真理、沒有認識

祂的性情。當開始有神的話語在你裡面成為準則，你就不會被這些異端、邪教與行異能的迷惑；當你認識與分辨出你心中這位神的樣子，知道祂是愛你的主耶穌，就能夠抵擋敵基督的破壞。

所以在末世的日子裡，你應當更認識神的性情、更認識神的屬性，求神幫助我們有分辨力去面對末世的異端、邪教。

這是警醒的時刻，讓我們每天花一點時間來求問神：在生命中有沒有被誰迷惑？有沒有看重瑣事多於看重神？留意我們的眼目有沒有被什麼迷惑了？讓我們的眼目單單轉向神。

為自己禱告

主，求祢把分辨力賜給我，也讓我愛上祢的話語，
帶領我脫離埃及的性情以及隨著迦南風俗而來的沾染。
願祢聖潔的寶血再次塗抹遮蓋、洗盡我的罪。
當我向祢陳明軟弱時，祢必帶領我走向祢的計畫！
主聖靈現在就觸摸我、帶領我更認識祢：
祢是信實的神、是喜樂的神、
是化咒詛為祝福的神、是開江河的神！
我主我的神，揭開祢的榮美，
讓我認識祢的美麗，讓我更深地愛祢。

★ 回顧【Start up】時間的記錄，並且記錄下自己的感恩和感動。

脫去與穿上

「你們學了基督,卻不是這樣;如果你們聽過
他的道,領了他的教,學了他的真理:就要脫
去你們從前行為上的舊人;這舊人是因私慾的
迷惑,漸漸變壞的;又要將你們的心志改換一
新;並且穿上新人;這新人是照著神的形像造的,
有真理的仁義和聖潔。」以弗所書四:20-24

在這段經文裡,其實神提到了:如果不懂得警醒,很容
易就會因著我們舊有的生命,在撒旦魔鬼的迷惑裡產生強烈
的慾望,那就是「私慾」,這會讓我們漸漸敗壞,甚至無可
救藥。而我們這些學了基督的「新人」,意謂我們擁有了基
督的生命、「有真理的仁義和聖潔」。

讓我們來想想,在生命更新的旅程有兩個動詞:一個是
「脫去」、一個是「穿上」。我們需要「脫去」與「穿上」的,
就是我們的言語、思維與性情。

每一個人因著事件所帶出的行為,背後都有其動機,但
是我們需要心意更新而變化,要脫去屬撒旦的想法,也要穿
上更新的屬神思想、擁有更新的言語,甚至被更新的信念系
統。

求神光照你:要「脫去」什麼?也許是對自己的控告、
或是常常扛在肩上的重擔。「得釋放」最主要的關鍵是:你
能夠認清楚並且說出來。如果你常常會有負面思想的言語,

你就要「脫去」負面言語，「穿上」主耶穌的恩言。

邀請你脫去那在生命中的一切纏累、私慾，求神光照、帶領我們「脫去」，求神降下烈焰燒掉一切為奴思想、雇工心態，讓我們「穿上」耶穌基督的外袍，以致常常經歷神、擁有屬神的思維。

求主聖靈現在光照我、開啟我，
讓我知道生命裡要脫去的是什麼？要穿上的又是什麼？
接下來的日子，祢要我們常常警醒禱告，免得入了迷惑，
幫助我脫去一切在為奴之地的思想，
包括我們曾經羨慕的、過去為奴之地裡的一切。
現在就為我穿上新衣，穿戴主耶穌的外袍。

獨行奇事的神，求祢在我的生命中做快手筆的工作。
奉耶穌基督的名，燒掉一切為奴思想、雇工心態，
現在就栽種耶穌基督與天國的思維在我的裡面。

祢要改變我的言語，讓我的話語如蜜一樣滋潤人心，
更新我一切的信念系統、一切性情，
讓我活出主耶穌的馨香之氣、有好的行為。
求主聖靈持續光照我，讓我們常常脫去舊人、穿上新人。

★ 回顧【Start up】時間的記錄，並且記錄下自己的感恩和感動。

給受傷的你

「又要將你們的心志改換一新;並且穿上新人;
這新人是照著神的形像造的,有真理的仁義和
聖潔。」以弗所書四:23-24

若是你曾在生命中、在教會裡受傷,或是因著權柄而受
傷,讓我們來禱告:把一切過去對教會的負面思想,因著受
傷而產生的一切負面想法,全然交還給神,並且穿戴上新的
思想。

家人們,你要知道「穿上新人」是非常重要的,如果我
們持續在受傷裡,就會因著失望而迎來巫術的轄制,以致我
們無法被下一個權柄遮蓋。教會中有很多的浪子,教會外也
有很多流浪的人,現在你也許無法去解決與處理一切舊有的
影響,但是你需要常常把這一切不屬神的信念,釘在神的十
字架上。

我要特別為需要面對從教會而來的傷害的家人們禱告。
若你不曾有這樣的際遇,也懇請你一起來為正在面臨這種景
況的家人代禱。

因為我是牧師,所以我在禱告裡代表全球的牧者,面對
神量給我們的羊群來向你們道歉。我要跟你們說對不起:抱
歉讓你們來到神家裡時所懷抱的期待與需要,很多時候沒辦
法獲得滿足,甚至影響你們起初對教會的認識。

我要請求你的原諒、請求你的赦免：赦免我們這些牧者。我知道教會也是一個小型的社會，特別是主任牧師經常無法面面俱到。你是否願意原諒我們？赦免我們用言語對你所造成的傷害、赦免我們的教導讓你進到律法的框架。

　　特別為感覺像在流浪的每位神的兒女來請求原諒：過去我們沒有真的帶領你們來認識神，只是帶著你們走進事工的忙碌裡，甚至常常要求你們應該怎麼做，請求你赦免我們。

　　家人們，我想請問你，你願意饒恕嗎？是否願意饒恕牧者們對你所造成的傷害？也求神赦免我們這些牧者們的罪，赦免神把羊群量給了我們，我們卻沒有好好照管，甚至讓教會處在互鬥與傷害裡。

　　求主赦免牧者們對祢所量的羊群所造成的傷害。向祢禱告：讓祢的羊群全然回家！祢的教會是要來給出愛的，然而很多時候，我們的愛不夠，以致教會無法生發出能力。神啊！讓我們成為牧者的，要按著真理刺入剖開人心意念，讓我們按著正道分解，讓教會回到那個起初愛祢的心。我主我的神，我感謝祢！

　　若是你願意饒恕教會對你所造成的傷害，我想邀請你開始為教會祝福。很多時刻，我們只在腦袋裡對「饒恕」有認識，心卻跟不上。因此需要藉著祝福來讓我們對教會有新的思維、新的系統，而且能夠逐漸成長，於是就更有祝福的能力。現在就開口為曾經讓你受傷的教會以及全球的教會來祝福禱告。

主，當我來到教會裡卻無法專注於祢，就會落入網羅。
這個網羅就是：很多的想法與期待都落了空，
以致無法再相信。
我向祢禱告，
求祢用更深的愛火燒著我，脫去流浪的心態，
因我明白，祢捨不得祢的孩子在外面流浪。

我主我的神，要將列國教會交還在祢手中，
祝福全球的教會能有愛耶穌的行動。
主耶穌啊！再一次用祢的愛來觸摸教會，
讓教會不在內鬥與內耗中、讓教會回到祢的心意裡。
讓教會起來注視祢、讓教會是以關係為基礎而建立。
我主我的神，我感謝祢、讚美祢！

★ **回顧【Start up】時間的記錄，並且記錄下自己的感恩和感動。**

末世的教會

> 「那時，人要把你們陷在患難裡，也要殺害你
> 們；你們又要為我的名被萬民恨惡。那時，必
> 有許多人跌倒，也要彼此陷害，彼此恨惡。」
>
> 馬太福音二十四：9-10

「警醒」的時刻，神的兒女要做些什麼呢？主耶穌在這裡其實告訴了門徒、也告訴了神的百姓們。在末世、未來的日子裡，教會不但開始有迷惑，甚至會有逼迫，而很多屬神的人在教會面臨逼迫時，信心是很難兼顧的。

所以當震動、困難愈大時，家人們，鼓勵你要為主而戰。當震動來臨時，我們到底是三次不認主的彼得或是賣主的猶大？或是堅持忠心、良善跟隨在主耶穌旁邊的人呢？

在世上許多以異教文化治國的國家裡，教會都面臨到逼迫，很多牧師甚至被抓到監牢裡。為列國的教會禱告，在逼迫的日子裡仍然可以剛強站立。在全球許多國家裡，我們會發現最終宗教和政治是相互影響的，但是，教會不應該受到政治的影響，因政治本是分裂的權勢。我們要藉著禱告與敬拜，足能得勝！恢復重建大衛倒塌的帳幕。求神把真理的靈賜給教會、挖深教會對救恩的認識，完整地傳講耶穌基督的屬性與救恩的美麗。

也為牧者們來守望：審判是從神的家開始，過去有很多

佈道家或是大牧者，生命中的污點一一曝光，但是，我們要
做的不是去批判，乃是要知道該如何為他們禱告，求神的愛
來恢復與醫治。

為自己禱告

主神，祢說神的審判要從神的家開始，
在震動的日子裡，求祢讓教會不再躲藏，
幫助教會脫離一切宗教、律法的框架，
興起教會更深地認識祢的愛、認識祢的屬性，
呼求祢福音的大能轉換全球的教會！教會要興起！

讓我們為全球屬祢的僕人——牧者們來祝福。
奉耶穌基督的名，祝福全球的牧者們：
藉著祢的靈叫牧者們心裡的力量剛強起來，
讓牧者挖深對祢話語的渴慕，
用祢的同在覆庇著每位牧者，
也讓教會支持祢賜給主任牧師的異象，
讓教會進入秩序裡。
我主我的神，我感謝祢、讚美祢！

★ 一周過後，再回顧之前【Start up】時間的記錄，若你發現自己有新的想
法和改變，邀請你留下一段時間和神對話，並且在本書最後屬於你和神的
空白頁中，留下你想和神所說的話。

　　恭喜你走完了這十二周的自潔禱告旅程！不論信主的時間有多久，每個人都還是需要與神有一段心與心的自潔時光。很多人或許會問：到底這段禱告自潔旅程需要持續多久？我要說，這是我們與神對齊的第一步。

　　三個月後，不是結束的時刻。如同在一開頭提到的：「自潔」是幫助我們脫離不義。你需要每天留意自己是否行在神的光中，讓聖靈引領，才能時常觸摸神的心意。

　　「你們要追求與眾人和睦，並要追求聖潔；非聖潔沒有人能見主。」希伯來書十二：14

　　無論一個人在靈裡的深度有多少，人非聖潔就不能見主，我們都需要持續不斷地過聖潔的生活。我要鼓勵你，在未來的每天裡都能來到神面前自潔禱告、尋求主面，這會使我們的心開始對罪更敏感、對聖靈更敏銳，好讓神榮耀的同在住在我們裡面顯露出來。

　　這本書的結束是每個人心中自潔旅途的開始，我的禱告是：期望你持續在這段路程中，讓神的靈使你結出聖潔的果子，願神的榮耀充滿在你生命的每時、每刻，讓你擁有一個結實累累的豐盛生命。

PRAY

Pray Until
Something Happens

90 天 生 命 突 破 的 禱 告

1

接下來的篇幅是屬於你和神的，你可以透過文字、畫畫、照片等等的方式，來記錄你與神的對話和心情；也可以將它撕下單獨裝釘成冊，成為屬於你和神的「愛之書」。

Pray Until Something Happens

國家圖書館出版品預行編目（CIP）資料

跨 Pray/ 李協聰　作 . -- 一版 .

-- 臺北市：希望之聲文化有限公司 , 2022.6-

　冊；　公分

ISBN 978-986-06795-1-9　（第 1 冊：平裝）

1. 基督教 2. 祈禱

244.3　　　　　　　　　　　　　　　　110019548

書名：**跨** Pray

作者：李協聰

文字編輯：楊銳新、韋虹吟

封面設計：費雪設計

內頁排版：劉亦雯

發 行 人：劉黛蒂

出版發行：希望之聲文化有限公司

地址：11568台北市南港區經貿二路188號18樓

電話：(02) 2785-0126

傳真：(02) 2785-9659

E-mail：voiceofhope101@gmail.com

定價：NT 300

出版日期：2022年6月，一版一刷

再版年份：27 26 25 24 23 22

再版刷次：15 14 13 12 11 10 09 08 07 06 05 04 03 02 01

ISBN：978-986-06795-1-9